八十而已

童自荣 / 著

作家出版社

图书在版编目（CIP）数据

八十而已／童自荣著．--北京：作家出版社，2024.12.
-- ISBN 978-7-5212-3085-7

Ⅰ.1267

中国国家版本馆 CIP 数据核字第 2024AP4535 号

八十而已

作　　者：童自荣
策　　划：张亚丽
责任编辑：姬小琴
特约编辑：童培尔
装帧设计：棱角视觉
责任印制：金志宏
出版发行：作家出版社有限公司
社　　址：北京农展馆南里 10 号　　　邮　　编：100125
电话传真：86-10-65067186（发行中心）
　　　　　86-10-65004079（总编室）
E-mail: zuojia@zuojia.net.cn
http://www.zuojiachubanshe.com
印　　刷：北京博海升彩色印刷有限公司
成品尺寸：145×210
字　　数：162 千
印　　张：7.875
版　　次：2024 年 12 月第 1 版
印　　次：2024 年 12 月第 1 次印刷
ISBN 978-7-5212-3085-7
定　　价：58.00 元

童自荣

1944 年生于上海，回族。1966 年毕业于上海戏剧学院表演系，1973 年进入上海电影译制厂担任配音演员。代表作有《未来世界》《佐罗》《少林寺》《蒲田进行曲》《黑郁金香》《茜茜公主》《玩具总动员》《西游记之大圣归来》等。2005 年中国电影百年，获得"优秀电影艺术家"荣誉称号。2015 年获得第四届汉米尔顿幕后英雄特别贡献大奖。

《再说邱岳峰》 (一)

我崇拜邱岳峰，且其排从今日始。上高中及大学那些年，痴迷配音可说到了无可救药的地步。听翻译片配音成了我生活中无以伦比的最大快乐。尤其邱岳峰、毕克两位大师，云我心目中，他们几乎是神的存在。说实在的，那时有一份听觉的欣赏和享受也足够，并不见得一定要去个上译厂的配音信息。但人总爱面对一份自己最喜欢最能发挥的工作。我于是也顺说成事地做起了当配音信号的梦。而六十年代初的一了苏联影片《白夜》，(邱毕、李梓三位主配。)在连着几遍之后，促我下定决心，努力把梦想去变成现实。我跟着电台拆奇了普通话，又考入上我表演系了未几。

(那时就认定，配音是在棚里泡成的话小侯也是和遇和享运，由了院台配剧了上海电影译制厂，想是不那台柱地地想亲见到他们。那是1972年底。

73年一月，我如愿踏进上译厂的大门。孙四军老草命与书记老许笙吟，地牵着我的手，把我引进二楼配音信号候场来休息大厅。那是平生第一次在这个场合见到了们众影队、连咳嗽一声都听得去是哪位信号的众多前辈信号，其中就有邱岳峰。奇团一般的，彼此便都是译制厂同事了！同时，我惊知道，我心中的"神们"都从神坛上走了下来。是啊，有好几天我晕"乎"，难以适应，似乎是在梦里，尤其是邱岳峰老师，志方我是这个样子的踏入的现实。而我十九年里想象的他，以及《白夜》中的那个梦想者呀！说实话，见到了真人我友很失望、失落。(这也是人之常情吧我宁可永远见不到邱老师的面，永远不去满足这方面的好奇心、神秘，毛和想奇。这都是我

《八十而已》手稿

7个月大　　　　　　少年时期　　　　　大学时期　　　　　中年之后

入上译厂不久，摄于 1973 年

全家福，摄于 1983 年

到温哥华看望读大学的女儿，儿子从西雅图赶来会合，摄于史丹利公园

70 岁时和太太合影

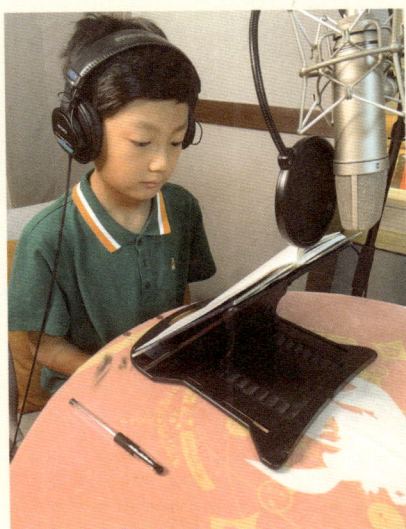

和外孙潼潼合录《小王子》中文版有声书

1990 年代，与程晓桦一起为孩子们朗诵《佐罗》片段

1990 年代，与毕克老师等几位同事到昆明演出

1989 年，阿兰·德龙参观上译厂，与同行交流

和前辈苏秀、赵慎之

辑一

辑二

辑三

○
○
辑
一

上海男人陈叙一先生

一

　　那回去北京领奖，是民间颁发的幕后英雄贡献大奖。在发表感言时，我说："从前我配佐罗、王子，现在我开始配妖怪。我知道，今天这个奖自然和2015年配《大圣归来》里的妖怪大王有关。当初要我配妖怪，我还大感惊讶。让我来配混沌这角色，编导是否太别出心裁了？编导笑而不答。当然，因是厂里的任务，我也不可讨价还价，且起码要配出角色的色彩来，不可马虎。后来的事实和网上的反响证明，他们居然是对的，他们的审美和当今年轻人的审美不谋而合。厉害啊！"

　　我接着又说："我这个人无非是笨鸟先飞而已，后知后觉，微不足道。倒要感谢编导的好意，也要感谢千万器重和扶持我的影迷朋友，感谢我的家人。而特别要感谢的，则是我们上译厂的老厂长陈叙一先生，没有他就不会有上译厂曾经的辉煌，也不会有我童自荣的今天。"

而我下面想要写一写的正是上译厂的掌门人、艺术总监、导师、老厂长陈叙一先生。

是啊，尽管我不乏冲动，说的也都是真实、真切的感受，但是，我该怎样来描述这个与众不同的上海男人陈叙一先生呢？你大概不会想到，上译厂从20世纪50年代到90年代初，这辉煌的四十余年，是掌控在一个地地道道典型的上海男人手里。他是那样聪明，那么有才气，那么有个人魅力。也许他也有缺点，比如小瘪嘴（他也自嘲有此缺陷），不过，这并不影响他的吸引力，他上圣约翰大学的时候，女生都崇拜他，喜欢他，这个我听说了，也完全可以想象。

只要聊起上译厂，我和我的同事们习惯于三句话不离老厂长，而影迷朋友们亦都会情不自禁、津津乐道于他非凡的业务能力。我亦是1973年进了上译厂之后，才很快意识到这个一厂之长陈叙一先生所起的决定性作用，没有这样一个统帅和业务把关人，上译厂种种令人瞩目的一切便不可能发生。这已为他身后无数事实所一再佐证。我总觉得首先不能忽略他的一个非常厉害的信条——一切从工作出发。你可能会问：这不是涉及一个人的人品吗？对，人品，正是在这个上海男人兢兢业业、光明磊落的人品和个人魅力的感召下，上译厂才能形成一支特别有战斗力、凝聚力的团队，在团队面前，名利、个人得失等都无立足之地，从而得以在上海乃至全国树立起一个根植在千万观众心中的独特品牌。不过，每逢记者来采访，我们的陈老头总是拼命把演员推到最前面，而自己却"逃之夭夭"，躲得远远的。

邱岳峰无疑是上译厂一位配音大师，另一位是"绅士"毕克。在那个非常年代，敢不敢用邱岳峰老师，对领导者绝对是一个考验，一个"不得法"，立马可把你投入"牛棚"。而老厂长硬是顶住种种有形无形的压力，一切从工作出发，该用邱的时候坚定不移地用他，哪怕他头上一直戴着莫须有的"帽子"。经典之作《简·爱》中的罗切斯特一角，如不用邱老师，我不知会有什么效果。而我们心里也都明白，老厂长是不惜承担风险的，我们这些老厂长的信徒无不为他捏着一把汗。

二

好吧，接下来就说一说陈叙一先生非凡的业务能力和艺术见地。

现在回想我与这个上海男人相处近二十年的历程，我以为他亲自抓这样三个环节——剧本、演员班子及鉴定，是他开启配音作品成功的钥匙，尤其是抓剧本这一环。

有个好本子，就有了一切，做导演、做演员的都有切身体会，老厂长自然深谙此中的奥妙。所以，把外文本子翻译成中文本，且是吻合口型、可进入实录工作的本子，是他工作中抓的重中之重。事实上，他一辈子干的就是这件事，从这创造性劳动中获得人生中的最大乐趣和幸福。为此，他绞尽脑汁，没有什么业余生活，为搞个好本子废寝忘食，甚至在家里会闹出因为走神而脚穿着袜子就伸进脚盆里一时还不自觉的笑话（他女儿一定有一大筐这类的笑话）。但一旦想出一个绝句，或只是一个绝词，他也会很得意。尽管不致得意忘形，但我们都感觉得到。哇，原来老头子也并非不食人间烟火，可爱！

有时，为了想一个最恰当的称呼，也许不过一两个字，也不免会难倒英雄汉。比如美国连续剧《加里森敢死队》，在戏中，我配敢死队队长加里森，其他四个成员都临时从监牢里解出来，都是杀人越货的囚犯。处在这种特殊人物关系里，他们应当怎样称呼"我"？显然，常规的称呼都不精彩，如队长、长官、首长、中尉先生等。那天初对时，老厂长当场也被卡住。于是照例，发动在座的初稿翻译、执行导演和初对员一起，跳过这个回家再去想。第二天，老厂长兴冲冲踏进工作室宣布：我有了，就叫"头儿"。引得在场人员一片欢呼，绝！这个插曲今天想来似乎好平常，但 20 世纪 70 年代初搞本子时，如没有深厚的学识和阅历，是冒不出这个词儿的。正是这样下功夫，我们才有《王子复仇记》《简·爱》《警察与小偷》《音乐之声》等经典配音作品的精彩台词剧本，从文字表达这一高度，亦可带给我们绝妙的艺术享受。

我不免会联想起《佐罗》。《佐罗》的工作本，几乎一字一句都由老厂长亲自改动、润色，因初稿的翻译年轻无经验，她的本子读下来拗口得很。老厂长这么一动，顿觉意思表达更确切、生动，而且因文笔好还朗朗上口，画面上角色的样子和表演可用一个字形容：帅。我如何和原片"贴"，让"佐罗"从听觉上亦帅、潇洒，老头儿的本子就提供了极佳的条件。再加上我很自然地借鉴了孙道临老师念词的音乐性与抑扬顿挫，"帅"就突显出来了。回忆《佐罗》一片的创作，整体上不必多说，就一些细小地方的编排，就可见老厂长的匠心与功力。比方"佐罗"中侠客一角，只能用"我们"，洋气，而绝对不能用"咱们"来称呼，那样就"土"。又如："女士们，先生们"，念起来就顺溜（口型再少也要"挤"进去），而不宜用"诸位"什么的，虽然也不错。还有侠客广场上伸张正义有这样一句："首先你们把修道士弗朗西斯科放了。"老厂长把开头改成"你们首先……"，别看这小小一动，演员就容易把"帅"劲给念出来。

我们初对阶段（把初稿推敲、对上口型环节），若老厂长亲自坐镇，就让年轻翻译坐在一旁看，一起跟着看银幕、动脑筋，这真是给他们上的最好的业务进修课。还有的反面角色的词，只要落到老厂长的笔下，也翻得入木三分，令你一下子就往脑子里去了。像法国片《阿里巴巴和四十大盗》，戏中一土财主吩咐手下去物色一个女奴供其观赏取乐，条件是胖乎乎的或肥肥的，这样落笔形容都过得去，但总感觉翻得还缺点什么。最后老厂长定稿为"肉墩墩的"，你觉得如何？有个影片说女子怀孕了，导致她遭殃的这角色是个坏蛋，当然应用贬义的词儿，怎么用？老头给出的答案是："把她肚子捅大了！"是否很形象？所以，我曾呼吁，把老厂长的经典配音作品的工作本子，如《王子复仇记》

《警察与小偷》《简·爱》《音乐之声》等，和原片的外文本对照起来，形成一本教科书，对这方面搞专业的朋友或爱好者无疑会有极大的启示和帮助。哪个有识的出版社有此兴趣，通过《上海采风》来上译厂接洽吧。

三

每个片子，定下一个最理想的配音班子，这是老厂长着力抓的又一个环节。

按规矩，我们上译厂的演员名单，一般是由现场执行导演提出，然后由陈厂长拍板敲定，从来都如此，这也是符合创作规律的科学举措。因此，执行导演提出的这一稿，有可能就这么定了，也有可能大笔一挥，令名单面目全非，从中都显示出老厂长深思熟虑的艺术见地，也有的要兼顾培养年轻人的考虑。比如：高仓健用毕克，大侦探波洛亦是，而《简·爱》中的罗切斯特非邱岳峰莫属了，那个《警察与小偷》中的小偷，亦是邱老师的绝活。英国片《刑警队》中，杀人如麻、语气瘆人又道貌岸然的老奸巨猾的大反派安排邱岳峰来配最合适了。是的，小小一份名单，令什么演员配什么角色，其中学问大着呢。

我这里想着重说一说老厂长怎样一个一个给我角色，给我什么样的角色，又是如何调教我的（插一句，说陈叙一先生是我的恩师，确实如此）。因为从中学起（那是 20 世纪 60 年代），我做了十二年配音梦，1973年能终于圆梦，如果没有老厂长拍板、接纳，一切皆无可能。然后就是一次又一次给我配戏机会，我才有今天，这也是恩，永不可忘记。

当然，饭要一口一口吃，一开始确也毫不客气老让我跑龙套，跑了整整五年（毫不夸张），原因大家也可想象，"文革"中领呼口号，从学院呼到人民广场，形成冒高调、超负荷使用声带的不良习惯，嗓子松不下来，调子沉不下来，本就音域不宽，低音极欠水分，而配音工作恰恰需要你把嗓子松下来，沉得下来，否则听觉上就和画面不"贴"，与边上搭戏的前辈演员也不在一个调上。于是，为了适应话筒前的松弛，硬碰硬就用了五年。我理解老厂长，他也是爱护我才这么决断，至于戏剧学院学了四年表演什么的，肯定不在他考虑范围了。

幸好，我有那份与众不同，那份痴迷，这痴迷是足可令我排除一切外在干扰的。我又超级用功，且我因自己能从事一份最喜爱的工作而快乐，为能给我衣食父母以精神、艺术上的享受而满足。至于名和利、主配角之类，我并不放在心上。俗话说机会总给有准备的人。我倒是与世无争，并没有刻意等什么机会，一天又一天，我挺满足于配配龙套，把龙套配得有色彩也有成就感啊！但这样用心配龙套，把龙套当作主角那样充分酝酿还排练，老厂长都看在眼里，否则遭淘汰或调动工作都有可能。这五年中，他从没找我谈过话，我当然更不会主动去接近他，春节去拜年的同事中绝没有我的身影。报恩的心思当然有，但我的理念是，不迟到不早退，把工作尽心尽力做好，就是对老厂长最好的回报。我感觉到，他是欣赏我的用功的，欣赏我对配音事业的那份痴迷。也正是在这一点上，而非其他什么因素，使我在上译厂渐渐站住了脚。

考察和栽培一个演员，老厂长有他一套，亦有足够的耐心，他要看火候。五年过去了，火候到了，他该出手就出手。在美国影片《未来世界》里，他开始让我挑配主角的担子，安排我配第一主角记者查克。虽然那已是1978年的事，我却至今记忆犹新。火候到了，1978、1979两年时间，不断让我配主角；火候到了，1979年年底拍板定我配"佐罗"。其后，所有一个影片中同时配两个角色的机会，如《黑郁金香》《铁面人》等都给了我，还有《水晶鞋和玫瑰花》《天鹅湖》《大海的女儿》等几乎所有的王子角色。火候到了，日本片《蒲田进行曲》中的花花公子、超级影星银四郎——反面角色类型，以及奥地利片《茜茜公主》中的博克尔上校——喜剧色彩的角色类型，也让我配，以开拓我的戏路子。

这一路上，他依然在考察调教我。记得日本片《啊，野麦岭》中，本来执行导演让我配大少爷，老厂长把这个角色一手划掉，改成配监工黑木。他明确跟执行导演交代：这个大少爷坏到骨子里，操之过急，让小童配可能一下子吃不下来，挫伤他的自信，而黑木张牙舞爪的草包一个比较好抓。我还记得很清楚，我进厂之后，老厂长已很少亲自坐镇，但为我最初能顺当挑起担子，他接连进棚任执行导演，在录音棚现场指导把关。这样的动作，自然不仅为我苦心呵护，也为了确保影片译制的水准。配旁白，按我的条件一般不合适，但为了培养目的，那部很精彩的日本纪录片《狐狸的故事》中的旁白，他还是毅然安排我来配，还从头到尾在棚里一句一句看我录完。只可惜，尽管我努力尝试，结果我自认并不理想。

四

老厂长尽全力把关的第三个环节，是全片台词配完之后的鉴定。说实在的，我是个判断力甚差的主，容易被画面吸引和带过去而丧失应有的敏锐。也因此，每次鉴定我都认真做好笔记，听老厂长提意见，好，好在哪里，差，差在哪儿。那真是世间最好的表演课，是学习老厂长一身本事的最好的机会。

陈老头儿对鉴定自然有要求，这是保证质量的最后一关。不夸张地说，他严格，极严格，就是挑前辈演员的毛病也丝毫不客气。我听说，20世纪70年代初配《简·爱》，邱岳峰老师配感情戏那一声"简"，一次一次地都不能过，一直到第六次才录成了，因为现场的陈老头儿觉得感情到位了，才放行。还听说邱老师早已有思想准备，事先泡好了一大瓶人参汤，因为录一个片段就得是五个呼唤！他的严格还表现在他从不表扬，一个戏鉴定下来，若说句"就这样吧"，也意味着不要补什么戏，便可让我们高兴好几天。不过也就几天，因为下一个配音任务又推到眼前了。

在我心目中，他无疑是个超人，他对戏的理解力、分析力、判断力，总是远远走在我们前面，也因此我们的表现总是达不到满分，但亦对他的智慧心服口服。印象深刻的还是那一回"佐罗"的鉴定——是啊，抱歉我总是习惯于拿"佐罗"说事儿，没法子，那里面有我的心血，所得教训亦格外深刻。忘不了那个下午，"佐罗"全片台词鉴定的时候，照例以老厂长为首，让全演员组成员都到场参加，然后是要求你从工作出发直率提出意见，直言不讳有什么说什么。那天近两个半小时的影片放完了，这个过程除了全部的台词和画面，其他一概没有，放映间一时一片寂静。可能大家被情节加演员的表演吸引过去了，竟无人发言。我自己感觉还可以，但心情总还是忐忑。

就听老厂长清了清嗓子说："你们不说，那么我要说了。总体上说，这个侠客还应当再潇洒一些，干吗那么使劲？"此语一出我心里一沉：糟了，这就意味着要大面积补戏了。他接着又说："像钟楼决斗一场，情况越是危急，你越要从容不迫，玩一样，完全松下来，这才显得他是真英雄。此处非补不可。"须知，此片译制时间是1979年秋，"文革"结束不久，人们还是习惯于塑造角色，讲究"高大全"，然而我们老厂长完全不理会那一套，谈戏也好，鉴定也好，反其道而行之，靠的唯有那科学的艺术规律，这才有今天这个可敬又可亲的不做"英雄状"的"佐罗"。

看起来，老厂长如此忠于艺术理想，坚持追求独特的艺术理念（他是极崇尚艺术自由的），在配音艺术领域绝不人云亦云、随大流，这又是要具备非凡勇气，亦是与其高尚的人品相联系的。而正是在这一点上，他为我们树立了良好的学习榜样。

说到榜样，陈厂长无疑是一个真实的存在，言行一致的存在。你若有机会来参观我们的厂房，迎面就会看到一幅牌匾：剧本翻译要"有味"，演员配音要"有神"，关键是要下功夫。他永远强调并天天要求我们做到的，就是用功，用功。尽管他自己才华横溢，灵气十足，却从不提及——不提自己，也不提别人。三百六十五天，我们看到他自己带头，一头扑在工作上，没有日夜，没有业余，除了就寝，那晚上的几个小时，实在就是厂里工作的延续，工作狂恐也自叹不如也。

与之有关的是纪律，我们这里亦是个独特的存在。人说上译厂像个军营，文艺界里独一无二（对有些散漫惯的艺人很可怕）。早上红灯一亮，你必要站在录音架前，全神贯注准备"战斗"，迟到或是早退都是不能容忍的事。大家也习惯了，精神状态都特别好。而他自己永远带头提早半小时报到，精神抖擞地骑着一辆"老坦克"进了厂门，开始了四处的巡视，风雨无阻，雷打不动。和这样一个"超人"生活工作在一起，你非但不觉得吃力，相反，你会极充实，极有依靠，亦极自豪。我们常把他比作是当仁不让领头的大雁，而我们这些学生都是紧随其后的小雁，在配音天地里，海阔天空自由地翱翔。

忘不了啊，那一回，那天晚上，二十年里我唯一的一次，不是在厂里、在他家里，而是去瑞金医院干部病房去看望他。他喉部要开刀，隔天就要动大手术，也许这是他在这个世界上最后能让声带振动发声的十来个小时了。我发现他把假牙都卸下了，在我面前的他活脱一个慈祥的老太太。我心里想：原来老头儿也可以不像平时那么严肃、那么不可亲近的啊！那天我和他的交谈，具体内容恕我回忆不清了，但可以肯定的是谈话不致会亲近到随意，只有那份慈祥和温情，永远刻在了我的心上挥之不去。我心里不断在感慨，手术后尽管他顽强地想活得久一些，"口中无语"也令他只能用笔在纸上发表他的意见，关于剧本，关于鉴定……但恐怕还是会不久于人世，每有这样一闪念，我的心里便充满了悲凉。

　　他去世于1992年，长眠于奉贤海边一处公墓里，陪伴着他的还有邱岳峰老师。从此我们没有陈叙一老师了，从此没有《王子复仇记》《简·爱》这样杰出的本子了，从此享受不到那样精彩搭配的演员班子了，还有那么有学问的鉴定了……人在世上总会不断地失去一些宝贵的东西，而陈老头的离去，是我最感痛心的。

　　在这篇小文的最后，我还想说：毫无疑问，陈叙一老师是我们这个行业的翘楚，恐怕一百年才能出一个的奇才，亦是地地道道的上海男人。若他在天有灵，一定会同意我如下的称谓：他是一名深爱着我们祖国、深爱着故土上海的爱国者，伟大的爱国者。我坚信弘扬他的言行和精神永远不会过时，而在今天这年头更有其必要。诚愿我的这篇小文，化作一束新年的鲜花，敬献给静静长眠在"海边"的陈叙一先生。

怀念导师陈叙一

我猜想《档案春秋》热诚的读者朋友们，相当一部分人已到中年或老年，都会有一份对上译厂翻译片配音的情结。我有机会在这里，和这些未见过面的影迷朋友们聊聊天，侃侃心得，那份温暖和快慰，实在是无价之宝，我将之看得很重很重。

自己曾不止一次坦言：我个性内向孤僻，完全不像大侠"佐罗"，且傻得可以，至今也不屑用手机。不过各种大惊小怪的消息总有人会热情高涨地捅给我。从前上译厂里要出个什么事儿，我总是最后一个才知道，整一个两耳不闻窗外事。然而我这样一个年近八十的糟老头子，如今活得还挺滋润，不光因为退休了衣食无忧，更因为深感此生颇有好运。你看，青少年时因一份前无古人的痴迷，居然结结实实做了十二年的配音梦，还终于在那一天圆了梦，做了件自己最喜爱又最能发挥的工作，还有机会配上"佐罗"。再加上我还能拥有始终支持和牵挂着我们的影迷朋友们，这世上能有多少人会达到如此境界？我是个孩子般容易满足的人，对于我来说，幸福似乎已得得太过分了，这一切如同是在梦中。当然，我更深知，我的幸运实实在在来自于几十年生活道路上，不断得到恩师们的引导。恩师们身教重于言教，都是无声的榜样，令我的人生之路不致走得歪歪斜斜。我也一直追随着他们的足迹，努力做一个好人、一个战士。所以，现在就可以活得充实坦荡、自由快乐。

在下面主要想和大家聊聊的，就是生活在我身边的一位导师，上译厂的创始人、掌门人、老厂长，我的恩师陈叙一先生。今年是他去世三十周年，也是他一手缔造的上译厂建厂六十五周年。

一

俗话说，是金子总会发光的。而我们老厂长这块金子，哪怕深埋在泥土里，也见得着他的迷人光芒在闪烁。这个躲在幕后之幕后的男人，是一位杰出的专业语言艺术工作者，用一句朴素的话形容便是：没有他就没有上译厂曾经的辉煌，也没有我们这些学生的一切。我们的老厂长，他的理解能力，他的谈戏能力，他的判断能力，他做工作的本事，对每个工作环节严格把关的作风，都如同超人，后人真是赤了脚也追赶不上啊。他自己则最醉心于做本子，把一生中的大部分精力都扑在这件头等大事上了。

说起来，陈叙一是地地道道的上海男人，毕业于圣约翰大学。解放前，他在佐临大师创立的若干剧团里摸爬滚打过。在这个特殊学校所获得的积累和经验，是极宝贵的艺术财富，使他在调教我们这班学生时显得游刃有余。这也可以解释，他为何从不表扬我们，因为我们配戏的分寸，在他看来永远也得不到满分。是啊，既要精通一门外语，又要懂戏，笔下还富有文采，这就是我们敬畏的恩师。尽管他本人才华横溢，聪明过人，但对天赋灵气之类却又完全不放在眼里，唯"用功"二字时时放在心上，要求别人是如此，要求自己更是如此。这样活着好像挺累的，但这位可尊敬的老先生却是乐此不疲。

事实上，陈叙一老厂长超人的艺术造诣，通过一个个经典外国影片的配音，已为相当多影迷朋友所熟悉。但他的名字你可能永远也记不住，对这位老厂长的人品，就更可能是完全茫无所知了，这方面的事也难免会被大家所忽略。今天我就特别想为大家分享关于老厂长在这方面的杰出表现，我敢说，他的艺术造诣是精深的，而他的品德则更加伟大，把德艺双馨放在他身上真可说是问心无愧，今天如何强调也不会过分。我尤其想告诉年轻人的是，那时候我们在这位导师的带领下，是怎样工作，怎样生活的。

说起恩师陈叙一，这个名字很好记。其实，私底下我们都不叫他老厂长，也不叫陈老师之类，都是唤他老头儿，不知是谁带的头，蛮自然的，像在《加里森敢死队》里，他们叫我"头儿"一样。但具体到我，他绝非一个慈祥的老爷爷形象，我是把他视作又可敬又可畏的恩师，绝对难以接近。当然我也很过分，过年从不去他家礼节性地拜年，自己的理念是尽力把身边工作做好，就是对他最好的回报了。唯有一回，他住院开了大刀，我去瑞金医院看望，算是和他有个单独相处的时间。那天，我俩昏头昏脑不知谈了些什么话题。倒是厂长房间隔壁，有一间小小的打字间，他见了打字员小女生就会有笑脸，这幸运的小女生差不多被他看作女儿一般。小丫头桌上永远会堆着一些糖果之类，来源不问可知。

二

人都说，上译厂这地方赛过军营，纪律之严格文艺界里绝无仅有。那么我就从这个角度切入，看看老厂长在工作的每一个环节是如何把关的。每天八点一到，录音棚里红灯一亮，有戏的配音演员都必须站在话筒面前，开始投入工作。实际上，我们做演员的都会提早至少一刻钟到达候场室，因为必须把嗓子"准备好"，注意力集中进入角色。这都已经成为很自然的习惯，也觉得这样的精神状态十分昂扬、振奋。那么，老厂长呢，他更是提早半小时就骑着"老坦克"（自行车）进厂了，巡视和督促各个部门进入录戏状态。这样做，如是一天两天，一月两月，咬咬牙尚可做到，但一年三百六十五天，天天如此就不容易了，老厂长则是几十年如一日，可见其赤诚的事业之心。道理很简单，如果要求别人做到，自己首先要做到，才会有说服力。以身作则，身教重于言教，便是他的显著特点。事实上，老厂长事事处处都是如此，无形中给我们这些学生做出了极好的样子。

再说勤奋。老厂长要求大家搞什么工作都要下功夫，翻译要有味儿，演员要有神，关键是要下功夫。上译厂搬了几次家，下功夫这几个字，永远会出现在厂内最醒目的地方。我属于笨鸟先飞的类型，把龙套角色都当作主角来配，五年龙套一天一天就是这样走过来的，痴迷令我乐此不疲，并没有什么多余的想法。而我也能感觉到，这个工作态度老厂长是欣赏的，尽管他并不会表扬。全力以赴，把工作做好，这是我们上译厂人共同追求的目标，无疑也是受了老厂长的影响。

看看老厂长本人吧，他醉心于做本子，这项须绞尽脑汁的艰苦工作，他一干就是一辈子，而且确确实实干出了名堂。那些经典影片《王子复仇记》《警察与小偷》《凡尔杜先生》《简·爱》《音乐之声》等，无不浸透了他的心血。连《佐罗》翻成的初稿也是经他逐字逐句推敲改动才落定文字。我早说过如把他的文字和原片的外语原稿相对照，就是份绝妙的可供专业学习、借鉴的范本。如今他人已经不在了，但这些"宝物"是足可流芳百世的。这个富有艺术才华的导师，亦把勤奋看作和生命一样重要。只要他一投入工作，就像不要命一样，恨不得一天二十四小时都扑在上面。显然，他也根本没什么业余时间，常常是白天想不出最佳的绝词，晚上带回家去继续绞尽脑汁，以致如他女儿当笑话告诉我们的那样，为了想个词儿，穿着袜子就洗脚了，不是旁人提醒还不知觉。

比如《加里森敢死队》里中尉的称呼——头儿，就是他在这样的情况下，灵光一闪中冒出来的，用来表现中尉和四个囚犯下属的特殊关系真叫一个绝。后来，他声带开大刀，自己笑言"从此无声"，但只要身体允许，还是会坚持到厂里来，用手写小条子，把意见推荐给翻译。尤其感人的是：有同事还留意到，他在弥留之际，左手指还微微地颤动，如同在工作间里对着银幕数口型呢！难怪上译厂的人，无论男女，个个都如拼命三郎，亦正是在老厂长的熏陶和影响下一天天形成的工作作风。

三

"惜才如命"四个字，用在老厂长身上是再恰当不过的。用心发现、挑选、栽培、使用厂里的配音人才，归根结底他绝非把他们看作自己的私有财产，更非为自己脸上贴金，而是为了心爱的事业尽最大努力，为国争光。几十年来，他为上译厂配齐了生旦净末丑各个行当齐全的队伍。上译厂忠实的观众朋友们，之所以衷心推崇此独树一帜的品牌，他立下了汗马功劳。老实说，最有切身体会的应是配音大师邱岳峰，若无老厂长的一双慧眼，一开始就把他这"怪异的嗓音"招进厂来，以莫大勇气持续地给邱老师以机会，那么他哪里能够在翻译片这个阵地上恣意发挥自己的聪明才智和与众不同的特色呢？

我们的老厂长，在"文革"前的五六十年代就力排众议，该重用他就重用他；在"文革"这样一个敏感的年代，依然是该用的时候就用，毫不犹豫、毫不含糊。我们都为老厂长捏一把汗，知道他实际上承担着多大的风险啊！真要感谢老厂长的英明决断，否则《警察与小偷》中的小偷角色、《简·爱》中的罗切斯特、卓别林系列影片中的主角等，都不会是如今这个妙不可言的样子和味道了。不夸张地说，老厂长不但为邱岳峰造了福，也是为全国千千万万的热诚影迷朋友造了福。当然，我们是看不到老厂长对此有丝毫沾沾自喜的，逢到表彰或采访，他总是把我们推到最前面，自己则躲得远远的。对老厂长的赏识，邱岳峰也从未公开表露，但我想他一定是把这份恩情和感激都深深地埋在了心里。

贪腐行为是国人特别不齿、深恶痛绝的违法犯罪，老厂长当然不会沾边，而更难得的是在利用手中职权搞特殊化上，他亦是如履薄冰、丝毫无犯，真一个清清白白、干干净净的汉子。我再随便举个例子，老厂长有个女儿，深得他的宠爱，那时候一直待业在家。如想要在上译厂里随便找个活儿，真是不费吹灰之力，只要老厂长不置一词，根本不用特别暗示什么，事情就能办成了，而且厂里同事们都会表示同情和理解。但老厂长就是不吭声、不松口。谁要再瞎起劲，他还会给你脸色看。于是没人再敢出来说情了。总有好多年。直到后来有了政策允许，他才合法地让女儿到厂里来报到，所去之处也和所谓肥缺的部门无关。这就是我们的陈老头，可敬可爱的陈老头。

说来最不容易做到的还是，恩师为捍卫自己心爱的事业所坚守的原则立场和理念。如他高举"业务好，人品不好，不可当领导"的旗帜，如此与瞎指挥之类不屈抗争所承担的风险，你或许多少可以想象。而他身上这种敢作敢为的大无畏精神，也确实让我们这些做学生的为他捏一把汗。可叹这个倔老头从来都是他独自挺身而出，决不肯让珍爱的学生们受丝毫牵累。

说实在的，我们这些那时与老厂长朝夕相处的上译人，也永远只是在向他不断学习的路上。我曾说过，我们的生命是和上译厂联系在一起的。这样的心态亦不会因为大家纷纷退休而有所改变。我们还在苦苦思索，苦心奋斗，还抱有这样一个热切的希望：尽快回永嘉路 383 号老家，那里不但是最佳生产基地，还可以办成全国最大的开放式的语言艺术爱好者俱乐部，相信上译厂忠实的影迷朋友们也都会有这样热切的心愿。

我心中的道临老师

我想从我的感受出发，写一写孙道临老师。不知是谁开始的，称他为道临老师，这样的称呼很温馨，也很有点浪漫和诗意。

我们上译厂从无如京剧那样的拜师学艺一说，但道临老师永远像个神一般驻在我的心里，是我事实上的老师。

我是上海电影译制厂配"佐罗"的普普通通的配音演员，有人乱称我是大师，其实我顶多在向大师的方向努力，但最后恐怕也达不到邱岳峰、毕克那样的境界，但我尽力了。曾对人说过，我有过这样一个特殊的经历，为了实现一个当配音演员的理想，我期盼和等待了整整十二年。所以，在我的心目中，在所有演员中，最能让我心跳加速、热血沸腾，深深为之痴迷的，是上译厂的配音演员。而道临老师可以算是半个"上译人"——学生时代，他就配过《列宁在1918》《王子复仇记》《白痴》。所以，对道临老师，我有一种特别的亲近感。

道临老师实在是一个奇特的存在。是不是可以这样形容：他是个超典型的书卷气十足的知识分子，又有一份超凡脱俗的高贵气质，如此的与众不同，在电影界里恐怕很难找到第二个。这样的富有艺术才华，人品又这样好，实在是年轻人学习的楷模，也给我们这些上了年纪的从艺者做出了好榜样。《早春二月》中的萧涧秋、《家》中的大少爷，以及詹天佑、《永不消逝的电波》中的李白，这些角色都非他莫属，无人可以超越。

当然，他的优点太突出，也会带来他的弱点。演知识分子手到擒来，演其他类型角色就会吃力一些。不过话又说回来，20世纪五六十年代的影迷朋友为他而疯狂，是当时的一道美丽风景线。一个演员能做到这个地步，实在是非常了不起了，完全对得住自己神圣的艺术，对得住自己的良心。

他多才多艺，在别的艺术种类，如外国影片的配音、语言艺术、朗诵甚至歌唱等方面，也都是自成一格，多有建树，容我慢慢道来。

特殊年代中有五六年，上译厂的传奇就是接到了搞资料片的译制任务。那个时候，居然能暂时摆脱"牛棚"，又能搞心爱的业务，真是做梦也想不到。而我们这些小学生，居然能和道临老师这些偶像级别的大演员一起推敲剧本，一起进录音棚合作演戏，也像是在做梦。于是我便真真切切地感受到，道临老师在通过声音和语言塑造角色方面同样有极高的悟性和造诣，令后人难以超越，实际上我们也只有学习的份儿。在道临老师配《基督山伯爵》《苏伊士》《梅亚林》这些外国经典影片的时候，我千方百计钻到棚里去，看他如何一句一句把台词配好，这种学习机会是空前少有的啊。后来发行的那些记录下他配音杰作的光盘，对我来说也同样是不可多得、极其珍贵的财富。

说实话，我是很羡慕他的。他有着不可多得的声音条件，一口普通话漂亮迷人。他的音色是美丽的，音域又宽，低音有水分，声音就像银子一般，有磁性，有金属性。更难得的是那份高贵的气质，王子的配音真的非他莫属。他显然掌握了用嗓的窍门：自然而松弛。经常练习唱歌，亦使他自觉地发挥胸腔的共鸣作用，于是，他的嗓子很干净，经用，很少在棚里听见他清嗓子。气息充足则是他的又一份功力，否则如何对付《王子复仇记》中那激情洋溢、语速极快的大段台词。所以业内有人感慨系之：像道临老师这样的声音条件，恐怕一百年顶多出这么一个！说得完全正确。

道临老师在语言上的功力也是一绝。他的普通话纯正，却又不走我们南方人为求准确而拼命咬文嚼字的误区，前后鼻音自然，儿化音也恰如其分。这样天然无雕饰的台词功夫怎能不令我羡慕？

他在说台词过程中表现出的抑扬顿挫具有明显的音乐性，我也借鉴了一把，用在刻画"佐罗"这个角色上。"佐罗"演得帅，我的配音也要帅，才能贴这个角色。我思索了两天，忽就想到了道临老师。让一个北京人坐在我心里，台词的安排有快有慢，有高有低，且该强调的强调，该带过去的就带过去，绝非一碗白开水，而多少带有点戏剧化，最后的效果是得到观众认可的。说实在的，我的声线和道临老师有某种相似，获得他惯常的说词味道并不很困难。再说，平时已有积累，因为欣赏，潜移默化地就受着他的影响。而这一切，道临老师并无察觉，我亦只是默默地在背后向他学习。

是啊，拥有这样一份条件，拥有这样一份功夫，若是凡夫俗子，一定会骄傲得把尾巴翘到天上去了。但我看道临老师却并无丝毫的沾沾自喜，也从未听到过他对自己嗓子、语言有何评论。他应当只是把这些作为表达的必要工具而已，他最看重最在乎的是把角色塑造得有血有肉有光彩。前提是入木三分地去理解，然后感情饱满地去投入。因此在我们这里搞资料片的时候，完全见不到他念念有词地在背诵什么台词，倒是把精力都放在对剧本的深入斟酌和反复推敲上。他明显属于潇洒型的配音员，理解力特强，在棚里亦有自己的背词窍门。有时本子也拿在身边，预防万一而已。当然，他精通一门英语，也对他润色本子有极大帮助。

那几年，我们生活在道临老师身边，可谓幸福，可以随时随地在他这座宝库中挖掘宝物。他从不好为人师，这不要紧，有时他不经意中流露出的一些想法，话不多却极精辟，正好被我们这些有意识的学生们逮住。比方他曾极简约地指出：要感情，但若没有也就算了，切不可硬挤感情。又比方，我曾提过个问题：如何对待本子上的台词？他答道：总是要对台词，有感受。确实，他不在意，我们听了却是如获至宝，牢牢地记下了他说的松弛，他说的理解，他说的"由衷地动情"。我们经常会想一想，并一次又一次运用到配音的实际工作中去。

这么一说，他还不是我们的真真实实的老师吗？

作为上海滩上曾经的三大名牌，道临老师的朗诵功力，应可作为一个专题来研讨和弘扬，这里就暂不展开了。但我脑中有一个镜头挥之不去：那回我策划组织第二次"向往崇高音乐朗诵会"，特邀道临老师来压台，朗诵白居易的长诗《琵琶行》。这样一首长古诗，能让在场的观众受到这样大的艺术感染，实在不是一件容易的事。道临老师的窍门也很简单，不是依赖技巧，而是极动心动情，把自己完全融入到诗情之中。待说到结尾高潮之处，我看道临老师真的是老泪纵横，难以自抑，我们眼前就是一个活生生的白居易老人哪！

道临老师是把工作视作生命的人，到了晚年，再拍戏已不现实，他就更主动地把工作重心移向语言艺术。那些年他一直颇有雄心，要扎扎实实成立一个市里的朗诵艺术团，这个想法我们所有语言艺术工作者举双手支持。一度有幸获得一百万经费，可以轰轰烈烈做一番朗诵事业了。谁料这个美丽的梦还是因为种种原因无奈破灭了。那回他来我的朗诵会，从车上下来后跟我说的第一句话就是："小童，倒是你这场朗诵会办成了，而……"言语之中那深深的遗憾刺痛了我，我能多说什么呢，唯有陪着他深深地叹一口气。

我不想说道临老师就是一个圣人，但他无疑是一个干干净净、清清白白的人，是一个一生追求艺术，忠实于自己家庭婚姻，在电影艺术路上作出重大贡献、立下丰功伟绩的大师。像他这样一个大艺术家，如果一松口去做广告，即刻便可财源滚滚。但是他却发誓终身不做广告，因为他不愿因此影响了他所塑造的角色在观众心里所留下的美好印象。但就是有这样一个企业团队，诡称是孙老师的忠实粉丝，以一场联欢庆祝见面演出会，诱使道临老师参加，实际目的是不知不觉为他们的品牌做广告。可恶的奸商啊！此事后来虽然以肇事方赔礼道歉完事，但造成的社会影响已是不争事实，令道临老师精神上遭受惨重打击……

斯人已逝矣，留下的是无尽的思念，万幸还留下了他们可流芳百世的作品。

其实，自从我们上译厂老厂长陈叙一先生，还有邱岳峰大师、毕克大师等相继辞世，我早已感到这世界似乎因他们的离去而变得不那么精彩了。尔后，我们又失去了道临大师！要知道，他们曾经给我们带来多少生活快乐和艺术享受啊！

我常陷入遐想：人都要死的，总有一天，我们也会去另一个世界。希望当我们这些后辈面对着这些大师们的时候，不会因为我们的进步不大或无所作为而感到深深的羞愧！

学习邱岳峰

　　迷上邱岳峰，那是曾经的我，一个为当一名配音演员而做十二年梦的"梦想者"所为。请想象我那时的情景：一张薄薄的说明书上，若标有邱大师的名字，迅即会心跳加速、热血沸腾。我那时根本模仿不了他，但看完他配的片子便会下意识地学着他的腔调喃喃自语，陶醉不已。也正是在连看数遍邱老师和李梓老师主配的苏联影片《白夜》之后，我下定决心走配音之路。

　　以上只是此文的引子，切不要以为，这回我又要在这方面大肆"开掘"。我是想郑重提一下最近应邀去天津卫视参加的活动。天津这几年变化之大，尤其是海河两岸，实出我的想象。更令我大吃一惊的是，天津的中老影迷朋友以及年轻的配音爱好者，在今天还把配音艺术看作生活中的大享受，津津乐道、念念不忘的便是上译厂的头号大师邱岳峰，其迷恋和推崇程度可谓无以复加。见到他们这种特殊状态，除深感惊讶之外，便剩下满满的感慨。他们对邱大师格外亲切，是否也因为邱老师是从天津舞台辞别话剧演出而加入上译厂的呢？这样一份盛情，令我备受鼓舞和启示！

我想，我们对他老人家最好的纪念和缅怀，应是要强调一个学习。我总结了几条，不见得深刻和准确，仅供参考吧。

一、学他的松弛。不要小看"松弛"这两个字，做到了你会所向披靡。你的音色难听，只要松下来说，就会让人得到美的享受。严格讲，邱大师音色并不好，但他会用嗓子。邱老师在棚里如同玩一样，心态极放松；而我们有时难免会战战兢兢，思想负担很重。记得有一回，我们几个年轻演员一起到棚里去学习，亲眼看到邱老师大显身手。那是一个美国影片，一个主要演员化装成老太婆，邱老师就配这个"老太"。邱老师见有人观摩，毫无怯场之意，相反与我们谈笑风生，待红灯一亮，迅即进入角色，有声有色活灵活现（也许因我们在场而更来劲）。我注意到他声音有所变形，把调门拔高了，因原片演员如此，必须贴。长长一场戏，本子握在手上，然他不看本子，一遍就过。结束，回过头来对我们发问："怎么样？"还能怎么样，绝呗！这一点上，有的人天生松得下来，但对大多数人来说，恐怕是要下下功夫的。

二、学他擅用低调。所谓低调，就是配音时采用的声调比生活中低一个调。外国人说话是这个调，我们当然要跟着走。许多深情的台词，复杂感情的台词，陷入沉思、迷惘的台词，必须用低调甚至更低调来刻画。《白夜》里老年梦想者的愁惘、痛楚和绝望的心态，如不用低调则无从表达。为了区别于青年梦想者的青春和亢奋，低调又形成一种极震撼的对比。我这个人是高亢有余，低音不足。一部日本片《新宿鲨鱼》中我配尽职而不畏死亡的警察，需用极低的语气来说词儿才有威慑力，我就深感吃力。有时低下来了，缺乏足够的音量来支持，更不用说有"水分"了。所以我很佩服邱老师能从容调用低音来塑造角色。

三、学他配角色不雷同。这就跟演戏一样，应努力做到千人千面，人各有貌，而非千人一面。我相信，邱老师也意识到自己嗓音辨识度极高，不雷同不易做到，因此努力在塑造不同角色的气质、个性。他的努力是有成效的。我们都会有这样的体验：一开始听他说台词，马上就会叫出来，邱岳峰。但听到第三句第四句，你就会忘掉这是他在配音，而就是这个角色在发言。我以为这样就可以了。我在配完"佐罗"后不久，就来了一部《少林寺》。我时时想到邱老师，就处处当心不要来"佐罗"，结果觉远和尚就没有带"佐罗"味，再加上几个重场戏格外动情，观众的注意力就不会再停留在"这是童自荣"上了。

四、学他的味道。从前家里长辈都知道，京剧演员谁高明，谁是角儿，就是要听他有没有味儿。同样，听配音主要就是要听演员配的味道。也正是在这一点上，邱老师的艺术功力和造诣登峰造极，无论正面、反面、喜剧色彩的角色，都有棒极了的代表作。我最欣赏《简·爱》中的罗切斯特——他让你听到角色的绅士及居高临下；欣赏《警察与小偷》中的小偷——他让你听到角色的狡诈又可怜、无奈；欣赏《悲惨世界》中的小店主——他让你听到角色的贪和凶狠。真是味道好极了。追究一下，他的配音又绝非停留在表面，而是真诚地融入角色。我印象深刻地记住他对我说过的话："想一想，你心里有没有事儿？"可见他自己就是这样动心动情地投入工作的。

生活在生机勃勃地前行，我们共同的事业——翻译片的配音亦是如此。行文至此，不免又联想起回家的问题。我是死脑筋，永嘉路383号是我们曾经的家，我总认为，回这个家不仅可获得一个适宜方便的工作场所，同时又可圆一个梦——建成一个全国性的配音爱好者们的俱乐部，一个面向全国影迷朋友的开放式沙龙。所有拥有翻译片情结的同仁、朋友们，团结起来，为振兴翻译片，加油！

再说邱岳峰

以前曾写过邱岳峰，但总还有些往事，难以忘怀，因此又提起笔来，再次记下点点滴滴……

1. 不再神秘

我崇拜邱岳峰。上高中及大学那些年，痴迷配音可以说到了无可救药的地步，听翻译片配音成了我生活中无与伦比的最大快乐。尤迷邱岳峰、毕克两位大师，在我心目中，他们几乎是神一般的存在。起初，有一份听觉的欣赏和享受已足够，并不在乎一定要当个上译厂的配音演员，也并不那么狂热地想亲眼见到他们。但人总希望能从事一份自己最喜欢的、最能发挥的工作，我于是才顺理成章地做起了当配音演员的梦。尤其是 1961 年译制的苏联影片《白夜》（邱、毕、李梓三位主配），连看几遍之后，我下定决心，努力把梦想变成现实。我跟着电台拼命学普通话，又考入上戏表演系学表演，最后分配到了上海电影译制厂，那是1972年年底。

1973年1月，我如愿踏进上译厂的大门。新四军老革命、支部书记老许笑吟吟地牵着我的手，把我引进二楼配音演员候场兼休息大厅。平生第一次，在这个场合见到了仰慕已久、连咳嗽一声都听得出是哪位演员的众多前辈老师，其中就有邱岳峰。简单地点头招呼之后，奇迹般地，彼此便都是译制厂同事了！同时，我也知道，我心中的"神"们，都从"神坛"上走了下来。

是啊，有好几天我晕晕乎乎难以适应，似乎是在梦里，不相信踏入的现实。尤其是邱岳峰老师，原来他是这个样子的。而我十几年里想象中的他，应当就是《警察与小偷》中的小偷，《简·爱》中的罗切斯特，以及《白夜》中的那个梦想者啊！说实话，见到了真人我反而很失望、失落。我倒是宁可永远见不到邱老师的面，永远不知道他的长相，永远不去满足这方面的好奇心。这一切无关乎他的现实形象如何，而是个人觉得，保留神秘感和想象也许更好！

其实邱岳峰老师就是个平平常常的人，是和我们一样的普普通通的老百姓。这位大师在单位里的生活形态你可想象吗？除了进棚配音，一天又一天，他总是习惯于找一个角落，摆上一张简单的小桌子和椅子，指甲修得干干净净、戴上老花镜，安安静静地在阅读或是酝酿台词剧本。如此平淡无奇吗？是的，除了这样又能怎样呢？后来我才知道，出于从前特殊的原因，他必须"夹着尾巴做人"，这种滋味真只有他独自吞咽，而让我们外人都难以体会了。

再之后，我还听说了他一些事，让我更加走近了他。

2. 经验之谈

邱岳峰无疑是绝顶聪明的，能化腐朽（他自嘲是破锣嗓子）为神奇（拥有极高辨识度）。他在棚里如玩一般松弛的竞技状态，让我感慨不已。然而即使是这样一位杰出的演员，为了把台词演绎到极致，也并非不费吹灰之力，而是要下功夫，动足脑筋的。那部内参片英国影片《简·爱》就是一个经典例子。此片老厂长亲自坐镇任执行导演。据同事们说，有一场感情戏，男主角罗切斯特连着五次呼唤简，一开始，因邱岳峰感情投入不够，老头子不让过。等到第四、第五次还不过，邱老师额头上也出汗了，连喝了好几口早就备在一旁的人参汤。一个片段不过五个字，感情须高度浓缩，不达到要求，老厂长决不让过。一直到第六遍录完，老头子才说过了。事后老厂长解释："最后这个成的，分寸对了，让我感到了一种揪心的痛。"

另有一回，是邱大师自己议论配一个角色的心得。那是内参片英国影片《刑警队》，他和毕克分饰一反一正两大主角。他配的这个角色，老奸巨猾、阴险毒辣，表面上却又道貌岸然、风度十足，难度很大。邱老师自然是可从容对付这类角色配音的，但闲聊中，他居然也诉起苦来。台词只容他说一个名字，三个字——理查德，就得意味着这个幕后老板要杀人了——让手下的杀手执行他的指令。这个杀手的名字要叫得瘆人，让观众听了不寒而栗，也要立即明白台词里的潜台词。邱老师坦言：如何使配音让人听了有杀气，很让他伤脑筋，实在也是个力气活，需要琢磨再琢磨。当时导演很快就让他通过了，但邱老师自己却不满意，通不过，还下意识地禁不住唠叨。然而要想推倒重录又不好意思。对此，他也深感遗憾。

译制片厂前辈演员不好为人师似乎已成为一种风气，有满肚学问的邱岳峰、毕克大师亦是如此。但你若主动上前请教，他们都会毫无保留倾囊相授。印象深刻的一件事，上世纪70年代末，我配日本影片《绝唱》，有一个重场戏——"我"代表亡妻小雪给众乡亲们致答谢词。那时我刚结束在厂里跑的五年龙套，开始配主要角色了，对有深度的戏不是很有办法。尤其碰到演员表演上波澜不惊，说话声音亦是平淡如水，我就没辙了。我照自己的理解勉强录了。执行导演那儿倒是过了，但我心里总不踏实。果然，鉴定时老厂长敏感指出：不能光有词儿，此处要补戏。还好补戏安排在第二天一早。怎么办？这时候我自然想到邱老师，巧的是他在这个戏里也有角色。我坦言我的困惑。他认真想了想，给了我一句话，顿时令我茅塞顿开。他说："你心里有没有事儿？"对啊，我知道应该怎么配了。首先我心里应有充沛的激情和满满的对恋人小雪的回忆画面，在此基础上，台词表达上又不能"太出来"，而是要含蓄和克制，顶多在个别词里稍稍控制不住而已，这才既符合角色此刻的感谢分寸，又和画面上演员不动声色的表情相贴。

可惜，这一类的主动请教实在太少太少。须知邱老师录了那么多角色，有那么多的心得和体会，尤其是他极擅长的喜剧角色和反派角色，那该有多少丰富宝贵的经验之谈啊！同时也非常非常后悔，没有提醒和说服他把自己几十年的配音生涯用文字记录下来，现在一切都为时已晚了。

3. 温馨片段

虽然我和邱大师相处也不过短短七年，但对他在生活中的为人，还是多少有些最亲切的感受，这一点，外人就只有远远羡慕的份了。邱老师这个人绝非影片中的声音那样高高在上、不食人间烟火，而是有人情味儿的，或者说，很有人情味儿。有些事至今还常常和我太太提及，感慨万分。

1974 年，我进厂不久，多数时间在跑龙套，相对比较有空。一天突发奇想，何不让我正在学走路的儿子见识见识爸爸工作的宝地。这小鬼超好看又超乖，在亲朋好友中小有名气。他成了我们家唯一一个进过译制片厂的幸运儿。果然，抱在怀里的儿子在演员候场大厅引起轰动！刘广宁抚着他粉嫩的脸蛋连声说：好看得真像女孩，希望他永远不要长大。此时，邱老师刚录完戏从录音棚走下来，见此情景什么都明白了，一把从我怀里夺过我儿子，一边嚷着："现在他归我了。"兴冲冲就到厂子对面的糕饼店去买巧克力。天哪，那一大块巧克力恐要掏空邱老师小小的钱包了。

我因特好奇这位大艺术家平日有怎样一个居住环境，于是等到儿子上幼儿园了，那个夏天，我几乎是冒冒失失地牵着小鬼的手，就登门去拜望邱老师了。事先听说他住得很差，没想到眼前见到的几可用"寒酸"二字来形容。房子面积很小，房里还没有一件像样的家具，床、椅、桌等物品都是他自己打造的，印象里甚至都没有上油漆。为了让我孩子开心，他又是不忘抽空去外头买冰砖，且漾着慈祥的微笑看着他一口一口吃。我暗暗在一旁喝彩，原来邱大师还有这样一面，把别人家的小孩当成自己的孩子一样，好温馨。

我是很感动的。他本可以婉转回拒我这唐突的来访。那天我都不知道我们聊了一些什么，总之，彼此都不那么轻松，为不致触痛他，话题也有限。但印象中，他倒颇能自得其乐，比方为自己的木工手艺。我望着他，望着他的孩子，心里想：邱大师有没有意识到自己取得的成就？有没有意识到他所拥有的精神财富——那千千万万认可喜爱他的观众朋友？有没有意识到他人生中的知遇之恩，惜才如命、力排众议给他机会的陈叙一老厂长？关于这一切，我从未听他表露过，也许是深深地把它们埋在心里了吧。

回家的路上，小鬼无忧无虑，尽情享受街上的凉风。我看着前面的儿子，忽就想到了鲁迅作品的结尾处，老先生感慨地言道

（大意）：他和闰土的下一代应是快乐的，他们不是在相互念着、期盼着吗，希望应就在他们的路上……

刚刚过去的 2022 年是上译厂建厂六十五周年，老厂长去世三十周年，也是邱岳峰一百岁诞辰。有好些影迷朋友自发组织邱大师纪念恳谈会，影迷们独到的见解和感受，多少年来依然感激老邱、不忘恩师的殷切心情，无不令我这个永远的影迷感动。邱岳峰老师在六十岁之前、不到退休的年龄就走上一条不归之路，让我们都陷入深深的痛惜之中。1979 年年底，他在《佐罗》中配我的对立面韦尔塔上校，因误以为击败了"佐罗"而在棚里竭尽全力拼老命地狂呼、狂喜，竟是老邱给我留下的最后印象！真是无话可说！

配音演员工作到八十、九十应不成问题，老师过早地去世，造成的损失是惨重的。否则，他还可为社会、为大众贡献多少值得欣赏的作品啊！恕我冒昧，老师如不是一时糊涂，也许就不会舍得离开这个世界。是的，他应当会想到，这事业带给他的幸福和成就感；他应当会想到，世上老老少少的观众朋友多喜爱他，尊崇他，感激他，需要他；他应当会想到，人民对他的栽培，寄予的希望；他应当会想到，要好好报答老厂长那份浓浓的恩情……

呜呼，这世上再没有邱岳峰了，也不会再有毕克、陈叙一老厂长，还有那许多故去的上译厂前辈老师们了……好在，还有许多可流芳百世的作品，供我们反复学习。我们这些虔诚的学生、影迷们记着他们，怀念着他们，他们就活着，永远活在我们的心里。

毕克老师最后的日子

2000 年的深秋，将届七十岁的毕克老师因肺气肿、哮喘而住进瑞金医院。本以为一个月左右便能出院返回工作岗位（那几年，年年如此），但这一次不一样了，一个月又延续一个月，进去了便再也没有出来。

一眨眼已过去二十余年。现在我已早越过七十，向八十奔了。感受至深的是，我心目中的配音界国宝级大师毕克老师、邱岳峰老师，是两座宝库，无论是艺术造诣抑或是他们的人品，都是值得今天的人们尤其是年轻的同行们好好学习的。也许他们的艺术水平我们很难赶上或超越，但静下心来，一点一滴努力，必有收获。

1

我曾给报社写过一篇小文，标题是《绅士毕克》。毕克老师那种通过声音、语言、语气等呈现出来的绝妙的绅士气质和风度，我以为是他最大的特点。所以，他能活灵活现地配出《音乐之声》中的冯·特拉普上校、《尼罗河上的惨案》中的大侦探波洛。那么他本人在生活中工作中，一定也像他所配的角色那样，绅士风度十足吧？影迷们如果如此推想，倒是想对了。一个例子很说明问题。

那是我进上译厂后开始跑龙套的首秀，配苏联影片《解放》中一个接电线的小红军战士。台词也就短短两三句，又经过底下的排戏，但此时状态就是僵僵的放松不下来，脑子里一片空白，台词是机械地说出来的。而和我搭戏合作的正是我崇拜的偶像毕克老师，他配崔可夫将军，这让我无形中更加慌张，一连录了几回都无法达到要求。须知，我一有差错，毕克老师就得一遍又一遍陪着我重录。待第五次来过，我无奈侧过脸用气音说："真抱歉，毕克老师，我……"老师微笑着没说什么，大将风度地抬起了左手轻轻拍了拍我的肩膀。哇，那真是大将军对底下小战士的那种亲密无间的关系啊！我顿时沉下心来，脑子里有将军的画面了，于是，第六次的台词就顺顺当当地过了。

还有一件事，亦是我没齿难忘的。上世纪 80 年代，毕克老师刚开始担当现场执行导演一职，就有一部日本电影《蒲田进行曲》交到他的手上，男主角银四郎的配音他就找到了我。这是个自私得近乎反派的角色，毕克老师是用心良苦，有意要开拓我塑造反面角色的戏路子。开始有机会不配王子、侠客，而配反派了，又是个戏份很多的角色，我当然跃跃欲试。谁会想到待要实录了，我却感冒突然加重，鼻腔完全被炎症堵住，嗓子也完全不在状态。我知道自己的患病过程，按惯例没有个三四天痊愈不了，就很遗憾地把情况告知毕克老师，这个戏和我心仪的这个角色也就要和我擦肩而过了。没想到，毕克老师居然毫不动摇，不愿我失去这样一个重要机会，请示和说服了老厂长，决定录音暂停三天，就等我病好。我真的很幸运！这样的处理也是罕见的。而配女主角的小丁，正好要去北京出席一个妇女会，一个精彩角色就此与她擦肩而过。对毕克老师如此的坚持和有意栽培，我永远心存感激。

2

回到毕克老师入院事。这回我打定主意要去看望他。或许各位看到以上这行字会发笑，同事身体有恙，我们去医院探视，不是人之常情吗？有什么可大惊小怪的。我坦言，我在这方面是有点特别的。"君子之交淡如水"的理念，我做得有点过分。比如，老厂长是我的恩师，但逢年过节，我从未去他家里拜访过。把工作尽力用功做好，这就是最好的报答，近二十年里我都这样想，这样做。1991 年他喉部生了大病，动完大手术后失声，我单独去医院看望，关切程度浅浅的，也就是那么一回。至于邱岳峰老师，他 1980 年走得那般突然，最后一面我都没见着。

再说，我们的毕克老师，我们间的关系还真有点与众不同。

他如同我的老大哥，而把我当成一个小弟弟。他常常拿我开点玩笑，这在其他同事身上是看不到的。也许是因我这个人为人木讷，被他揶揄也只会笑笑。这种关系常常令我想起那个英国片《孤星血泪》，是我开始在厂里配主要角色的时候配的，我配男主角匹普，他配我的姐夫。这个"姐夫"好厚道好善良，"我"飞黄腾达、财富堆成山的时候，他躲得远远的；但当"我"从天堂栽到地狱，身无分文、负债累累、大病一场的时候，却也只有他陪伴在"我"身边，呕心沥血地服侍"我"，开导"我"。这"姐夫"有时也跟"我"开开玩笑，为了逗"我"开心，为了鼓舞"我"的士气。我有时真分不清，这是姐夫这个角色呢，还是毕克老师？……

我把我要去探病的想法告诉了我太太，她当然百分百赞同，末了还小心地提议，能否带她一同前去？我望了望我太太，心里顿时满是歉意。这个老三届老高中"小女生"，当她还在上初中时，便是翻译片的狂热影迷，特别崇拜邱岳峰、毕克等人。我看过的毕克主配的片子，她一个不漏全都看过。她还很欣赏毕克老师所配的旁白，说是这一部分完全可以单独地挑出来做成光盘。我深知她对我们工作状态、对这些前辈演员充满了好奇，可因为我的怪异，当别的同事们的家属甚至子女早就在上译厂满厂转的时候，我的妻子只能在厂外远远地观望和想象。我因一投入工作就心不在焉，傻傻的几十年了，忽略了多少我太太心头的感受和希望啊！"好的，这回你陪我去。"我对她说。

那次的探望可说是一次愉快的小陪伴。秋高气爽，夕阳斜照，我们兴冲冲地进入他瑞金医院单间病房，只见他背靠床头坐着，气色还不错。他专从外地赶来的女儿，全力照料着他。因为知道毕克老师近几年年末都这样，经一个多月的诊疗和调理就要打道回府的，所以我们是怀着一份"轻松"的心情，在病房内高声地又说又笑。我和我太太甚至矛头一致地开起"控诉大会"来，"声讨"毕克老师——就因为迷毕克老师的配音，害得我们为了等退票，竟然逃课，不安心上学（当然逃的都是体育课之类）。毕克老师还是那个老脾气，不多话，但显然兴致勃勃地听我们说听我们笑。我太太考虑得周到，带了几个拿手的家常菜给毕克老师品尝。好像这位山东汉子平日里并不讲究饮食，这点小东西也许会给他带来意外的惊喜吧。其实，很惭愧，我们实在对毕克老师缺乏了解。比方：他有没有业余爱好？我猜想，他应是在家里完成配音准备工作的。因为记忆有窍门，理解力又特强，所以准备、酝酿角色乃至实录的过程可谓多快好省地完成。不像我这样的，一上了戏，就"如临大敌"，整天捧着工作本拼命背台词，唯想到棚里会吃"螺蛳"。他倒是潇洒得很，坐在候场室沙发上，从容不迫、镇定自若。可能脑子里也不会闲着吧，可惜我们看不见。

探望一个病人能这样开心，这是我始料未及的。那天回家，一路上我们亦净是在议论毕克老师了。尤其我太太，兴高采烈，亢奋的心情久久难以平静。对她来说，这回无疑是圆了一个期盼多年的梦，也可说好奇心完全得到满足。从前想当然就认为《仅次于上帝的人》《海军少尉巴宁》《音乐之声》《尼罗河上的惨案》

中的那些主角，以及高仓健，都是毕克、毕克、毕克。而今毕克居然就活生生地坐在自己面前，怎不令她感慨啊！毕克老师的形象也未让她"失望"，配音演员的声音和本人形象割裂的情形并未在毕克老师身上发生。他个子高高大大，鼻梁挺拔，五官端正，完全可以上银幕去演戏的。

看到我太太一脸的兴奋，我则更有一番感慨。我心想，太太啊，你光看到毕老师辉煌、光鲜的一面了，他几十年配音生涯中，尤其人到中年之后所遭受的磨难，不尽如人意之处，你哪里会想得到啊！人说，中年丧子，白发人送黑发人是一生最大痛苦，可怜这个厄运就降临在毕克老师身上了。他最疼爱的一直生活在他身边的大儿子，因不堪个人感情问题上的折磨，走上了一条不归之路。毕克老师是个坚忍不拔的汉子。那天，他在厨房熬粥，而他孩子就躺在隔壁客卧两用的大床上自杀了。经历了如此悲怆，他却一声不吭，把常人难以面对的痛楚，独自吞咽，咬牙渡过难关，然后，平静地对导演说："可以了，给我安排工作吧。"他就是这样用创造性的艺术劳动来抚平心头的创伤。

还有件事也给予他冲击。几年前，日本演员高仓健完成了他晚年的心爱之作《铁道员》，进入后期制作阶段，诚意邀请毕克老师为影片配上中文，且是去日本录音。毕克老师自己也很愿意、有信心。但是他极谨慎，为负责起见，特地去上译厂录音棚录了一个片段。可惜试录的声音效果欠佳，估计到了日本因为气息什么的，恐也难以获得良好状态，这次合作机会无奈只能放弃了。对毕克老师来说，这不是一件小事。倒并非失去一个去国外配音的机会，而是眼见自己的嗓子失去控制，一年比一年走下坡路，这个痛苦的无奈是致命的。须知，他是把配音事业视作宝贵生命的。

3

有了这第一次，后来就有第二、第三次。差不多一周里有两次，我和我太太会一起去探视毕克老师。毕克老师心情也分外愉悦。他女儿说，送来的菜她父亲极为欣赏，一扫而光。有这样的反馈，我太太自然格外兴奋，不但翻点新花样，有时还主动骑了车到朋友介绍的批发地去采购东西，那地方虽挺远，但毕克用得着的随身物品要比别处便宜得多。

就这样，一个月很快过去，我们心里盘算着，估计再有几天他该出院重返工作岗位了。但我们高兴得太早了。正当我们又要去看望他的时候，却接到他女儿的一个来电：主治大夫说，她父亲的病情有变化，由肺气肿转到了肺衰竭，这几天就要动大手术。真是天有不测风云，我们都蒙了，束手无策。做完手术的第二天，我和我太太就赶到医院。手术是很成功的，但并未减轻我们心头的疼。虽然思想上有一点准备，但眼前的景象还是让我们震惊。毕克老师已经完全平躺在床上不能动弹。食道、气管都开了大刀，胸前到喉部被左一根右一根的管子缠住，有的负责流质食物，有的负责通到呼吸机维持他的生命。我们试图强颜欢笑，想要对他说些什么，又不知说什么好，还生怕打扰他，只好默默地陪坐在一旁。毕克老师平静地闭着眼睛，他脑子还是清醒的。

我们对医学都是外行，对他病情的严重性还是估计不足，总还抱有幻想，希望出现奇迹，让病情有个大逆转。哪怕躺个半年、一年，到时候便可摆脱所有的管子，从床上走下来。毕克老师自己又何尝不是这样。他从来也不怕死，但我知道他要活，他舍不得离开心爱的配音事业，舍不得离开这周围沸腾的充满生机的生活，舍不得离开千千万万喜爱他的配音的影迷朋友，舍不得离开脚下这美丽的土地啊……

在他弥留之际的前一天，发生了这样一个小插曲。那天我们抓紧去看他。似乎是回光返照，他显得很有欲望和我们做一点交流，而不是光听我们说。这时候他唯一可主动说什么的，就是依靠一块小黑板。他示意他女儿拿过小黑板来，在上面缓缓地写下一行字。是写给我的，我接过一看，上面书着六个字："你是一个好人。"获得这样一个评语，我心里是高兴的。要知道近二十年的接触，我从未得到过毕克老师的表扬。他对人对事是极严格的，在业务上很难得到他的满分。同时，我又深感惶恐，我哪里有他认为的那么好！就从业务的角度说，跟他的差距又是何等之大，他身上又有多少东西值得我去学习和研讨……我久久地凝视着小黑板，百感交集，一时也不知说什么好了。我后来很后悔，为什么不把这块小黑板保存下来，这是完全可能的。不是为了炫耀，而是像鲁迅先生小心保留下恩师藤野先生的那张纪念照，摆在家里显眼处，可时时鞭策自己，鼓舞自己，努力去做一个好人。

2001 年 3 月 23 日，毕克老师走完了他七十年的人生路，与世长辞。

我当然知道，人总是要死的。但我一直到现在都难以相信，毕克老师会永远离我们而去。我常常想，今天，我们缅怀毕克老师，怎样才是最好的纪念呢？我想，我们应以最大的虔诚，欣赏、珍惜和保存毕克老师长留人间的所有配音作品；我们要老老实实总结和学习他的配音经验，把配音事业传承下去，且还要有创新；我们还都要做一个好人。恐怕这些才是毕克老师以及可敬的所有前辈在天之灵最愿意看到的。是的，我们要这样去努力。

你就唱一个

苏秀老师活得充实、豁达，不在乎名和利，这是她留给我们的精神财富。

1. 那次聚会

记得很清楚，那次是特意借了上影厂大摄影棚，一些影迷朋友自发组织筹办了一个庆新书发布的恳谈会，见面、交流——为了苏秀老师。

苏老师一向不怕死。她不止一次表示：我要起身走了。但也就是这个表示让影迷们心疼不已，且真的很担心。那次的聚会，无论是谁发表感言，主题都是坦诚提醒和苦心劝苏老师：千万要放弃那个念头。你不能走。这个社会需要你，这个事业需要你，我们无数的忠实影迷、你的粉丝需要你。我们要你活，长长地活。你是上译厂最后一个元老级的配音演员、导演，你就是一座公认的活生生的翻译片宝库啊！

对于应邀出席朋友聚会之类的活动，我向来享有一份喜悦的心情，那回我心想，总应让我也揽点什么活儿。于是，我用目光迎住她。老苏立刻明白了，想也没想就说：你就唱一个。"Yes, sir"，我差一点像回答剧中的加里森中尉指令那样，脱口而出。好极了，知我者老苏也。不要我朗诵，也不要我来点配音，正中下怀地令我在台上演唱。如此，你便可领会苏老师与我的默契。

说起来不可思议，在我踏上社会后，我们彼此居然成了同事。其实，她实实在在是我的老师，或更像是我的大姐，老大姐。我这个人有自知之明，就是摆脱不了生来就有的那份天真，说白了就是幼稚还有点古怪，在我生活里，恰恰需要有个老大姐那样的角色陪伴在左右，引导和调教我，呵护和扶持我……那个内心深处可依靠可信赖的，就是苏秀。当然我羞于点穿；她或许也能感觉到，亦不便挑明了吧。不过，回想起来，我对苏秀老师的认识还是有一个过程的。

2. 厉害的老苏

我年轻时是个超级影迷，痴迷配音艺术、配音演员。苏秀我自然知道，也欣赏她在《警察与小偷》中配的小偷太太（与邱岳峰搭戏）；她在《第四十一》中配女主角红军战士，也是和邱岳峰合作；那尚未公映的苏联得大奖的《红莓》，是邱岳峰在厂里的最后一部重头戏，而女主角—— 一个善良的农妇，又是苏秀老师配的。他们的配合默契，旗鼓相当，亦可见苏老师的艺术实力。1973 年我终于如愿进入上译厂工作，第一天就见到了从前在想象中或梦中出现的一个个前辈演员，也见到了神交已久的苏秀老师。我心里不由自语：这就是苏秀老师吗？！她虽还不致因病恹恹而脱形，但那弱不禁风的模样还是让我大为震惊。这哪像《第四十一》中的那位壮硕英武的女战士啊！

我很快知道，她确身患有病，而且是说发就发的哮喘病，这对搞配音的来说，简直是致命伤，发作之时完全不能投入工作。因我们住得近，有时我和我太太在她被病魔折磨的时候去看望她，就见她独自坐在床沿，头对着墙，一言不发，一动不动（事实上也不能发、不能动）。我们悄悄地在另一边坐着，亦是一言不发，生怕空气震动，会加剧她的喘……难得有饭局，如她也安好便也不回避，生怕扫大家的兴。然而我见她总是可怜巴巴地像小鸟啄食那般来几小口，与其说是赴饭局，不如说看着我们大家热火朝天地吃，便感欣慰。她微笑着，不多话，很享受。这时也毫无大将风度（关于这个下文便要讲到）了，却更像一个慈爱温情的老大姐。

幸运的是，随着我跑完几年龙套，开始可配主要角色了，那是 1978 年，奇迹一般地，老苏的哮喘病好转了，不久便几乎绝迹。她能摆脱因哮喘而造成的痛苦（这痛苦因不能在配音阵地上发挥作用而加剧），我们都从心里为她庆幸。对她来说，生活恢复了正常；对我来说，也就开始切身地领教老苏的厉害。

这厉害绝非形容她凶悍，相反她对人对事都极为冷静，讲究合情合理，我指的是她超强的业务能力。她是女同胞中聪明、反应快，也极有理解力、判断力的一位。我们开始互相搭戏合作。有两部戏，都是我的主配，她的配音给我留下很深印象。我发现，她很擅长配那些坏女人，而这类反面角色要能入木三分、真实可信，不满足于做表面文章、假模假式、花里胡哨的刻画，这里面的学问，可深了，也是难度最大的一种。这类角色，一般的演员确也难以胜任，哪里像老苏可信手拈来。1978年的英国片《孤星血泪》中，老苏配哈维小姐——一个新婚时被丈夫抛弃的女子，时刻想着对所有男人实施报复。我在棚里看她配戏时流露出的变态、扭曲心态和杀气，不寒而栗。不久，我们又一起合作日本影片《华丽的家族》，我配男二号铁平，老苏配举足轻重的一角——女管家兼主子的情妇相子。这真是一个利欲熏心、为达个人目的而不择手段的坏女人，且坏到了骨子里。我不知道她如何酝酿这个角色，她也从不多说，但从戏的成品看，角色人前人后那圆滑、八面玲珑的嘴脸，塑造得恰如其分，并无刻意表现"坏"之嫌，与画面极"贴"，真实而可信。

有一次，也是无意中偶尔涉及如何为反面角色配音的话题，她不经意说的一句话立刻引起我的兴趣。她说："配反角也要有理直气壮的心态。"这句话我听进去了，也极受启示。

3. 大将风度

上世纪80年代初开始，老苏又被老厂长定为执行导演。这是老厂长经多年考察后所做的决定，女演员中亦是独一无二。光从干导演这活儿，同样可看出苏秀老师的厉害。在导完法国片《虎口脱险》多少年后，老苏能欣然荣获法国文化界所颁的骑士勋章。此事轰动一时，亦是整个配音界从未有过的事，其实是众望所归。老苏推说是大家的功劳，而我们则欢呼，苏秀老师为我们上译厂、为配音事业争了光。可惜老厂长未能看到这光荣的一幕。

苏秀老师做导演，在棚里从容不迫，指挥若定，一派大将气度。她一定也备课，但从未见她"照本宣读"，恐怕是把诸种考虑以及对演员的要求都装在脑子里了。她也不示范，三言两语一启发，迅即让你步入正确的角色轨道。录《少林寺》时，一开始她或作适当的点到为止的警示："当心'佐罗'！"因我前不久刚配完"佐罗"，观众印象深刻，易雷同、混淆。极简洁的一句话，便让我注意避开陷阱。见我录顺了，便绝口不提"佐罗"什么的。影片公映时，确也未听到观众有配音雷同的反响。

我应感激苏秀老师，给了我那么多配戏的机会。但老苏对我的悉心栽培，一开始我还没有太大感觉。好好工作就是了，而且若无老厂长拍板、默许，也成不了好事。现在想想，真是忽略了老苏的一片苦心。从《水晶鞋与玫瑰花》到《天鹅湖》《大海的女儿》等，老苏都从我的发挥条件出发，安排我配主要角色，着力把我朝王子的路上推，实际上几乎所有她所执导影片中的王子角色，都给了我。而《少林寺》的觉远和尚，她亦坚持把这角色给了我。为何这样，其中内情我至今也不明白。

我在上译厂生活了三十年。前辈演员都身教重于言教，潜移默化地影响、引导、带领着我们，把我们往好人轨道上带。我不能不感到自己是非常幸运的。一个从艺者业务好，不容易，然而还做到人品好，更不容易。而苏秀老师这两者都做得非常出色，我们天天都有感受。她身上那种心平气和、与世无争的状态，同时又尽最大努力搞好身边的工作，甚至不惜命地拼搏，这一切让我敬佩。我努力朝这个境界靠拢，无疑是受到老苏深刻的影响和感召。苏秀老师又是个明白人，绝非不食人间烟火。大是大非她拎得清，且绝不含糊，说出口也不怕得罪人。有一次，我请她帮我解惑。我说："我算得与世无争了，厂里事我总是最后一个知道，一门心思只管搞好自己那一份工作。可还是……何故？"老苏迅即一针见血地回答："因为你收到的观众来信多。"真让人不得不服。

我不知道，大家是否有脑子突然空白那一刻。老厂长去世之后没几年，宣布老苏退休，就让我们感到非常突然。不可思议的是，苏秀老师居然也会退休，或者说，居然让她退休！

老苏退休了，尽管她竞技状态还相当好。她本人处之泰然，退休后也并未脱离社会。我们这些学生自然热切希望厂方依然把她当个宝，只要身体条件允许，依然让她充分发挥作用，展示她的才华和经验。须知：她能在现场，手把手地提示你、启发你、教你，比起看她写的文字，那种感受和效果，到底是不一样的。那年元旦，电话里和苏老师互致新年好，老苏还主动表示："给我三年，发现、培养几个称职的导演、翻译，这样对得起上译厂，对得起老厂长。"2004 年我退休不久发表过一篇文章《你好，苏秀老师》，文中数次高呼苏老师是我们的"佘太君"，我们的心愿是：让她作为我们的精神导师，继续带领我们完成老厂长未竟的事业。

可惜事实上，这些想法并没有实现，想想真是非常非常痛心。而现在九十六岁的"佘太君"，真的起身走了……

不知不觉，老苏已走了一个多月了，这篇文字有点晚，却也不太晚。因为翻译片事业还要发展，还要前行，为了老厂长和前辈演员开创的翻译片事业，我们总要苦苦思索，苦苦行动，永不停下我们的脚步，争取一年比一年做得更好一点，这样，当我们面对前辈演员的在天之灵，不会因自己的碌碌无为而羞愧！

上译厂还有他们……

　　上译厂的辉煌无奈早已成为过去，过去了三十年，然我知道有一些影迷对上译厂的这份情结依然不离不弃，他们至今依然牵挂着上译厂的故事、上译厂的人。而后来居然又有一些年轻的朋友，或受网络或受父母的影响加入了这个行列，说真的，我如同又在做梦了。

　　初夏那会儿，去了一次天津。本无接受采访的项目，还是糊里糊涂被他们逮住了。那位精明的主持专挑一些棘手的话题向我提问，不过也蛮好玩的。其中的一个问题是："佐罗"之后那么多来信中，有没有求爱的信？我不想搪塞，便答道，有那么一两封。接着我索性就自己"深挖"下去，我说，这类信我是一定要回的，马上抽空回，以免伤害女孩子（我太太也是这个意思）。信里一开始我当然要深深感谢她的好意。说实话，收到这样的内容，我挺感动的。可惜——我接着说，梦中情人这个念头须马上打消。我早已有了小家庭，而且有了一儿一女，他们的母亲是我

056

终身的伴侣。最后，我亦不会忘了，感谢她对上译厂的一片痴情和支持，希望继续关注和支持我们这份幕后的工作。

五年之前，厂里突然来电，要我去帮忙为动画片《大圣归来》配音，且是配里面的大反派——妖怪大王混沌。我不知如何挑战配这样的角色，我声音再造型其效果也可想而知，但我总要尽力而为。结果影片公映后，网上居然大起风波，幸好是认可而非抨击。一个姑娘甚至当面对我直言：为了观看这部《大圣归来》，我进了十二次电影院。第一次是为了听孙悟空，第二次开始就为了听你这个妖怪了。我笑说，你太夸张了吧。她认真地说，童老师，是真的。

一个月前，一个陌生影迷通过新民晚报社的朋友，寄了一个DVD 光盘给我，说是刻录了一部印度影片，里面我的台词蛮精彩的，量也大。开始，我随便看了一下，因我完全不记得什么时候曾为这样一部印度片配过音。未料是部警匪片，剧情还挺曲折、有趣，我又是一个人同时配了两个角色，一个是流里流气的警长（有意装坏），另一个是像"佐罗"一般沉着、威严的复仇使者。这片子倒把我吸引住了。我真要好好谢谢这个年轻的影迷，因他的年轻更让我刮目相看。什么时候我要会一会这个蛮特别的年轻人。

凡此种种，充分说明了我真是幸运，我何德何能，却能拥有这世上最宝贵的财富——影迷朋友对我的厚爱和支持。同时也一次又一次提醒我，滴水之恩，当涌泉相报。而这种回报又不局限于配音，我想哪怕最简单地与朋友们坦诚地聊聊天也是好的。不管何时，我都要和影迷朋友站在一起。

我这回就要再和影迷朋友们在这里说一说上译厂的人和事——我们这个"宝库"实在也是说不尽道不完的。

杨文元这个名字你熟悉吗？他的绝妙的音色你领略过吗？恐怕你只是熟知邱岳峰、毕克、尚华、于鼎的音色吧。其实杨文元这个演员好有特色，千万个声音里我能一下辨认出来。我年轻时，自认为上译厂有三位老师，从声音角度最像外国人，最洋气：邱岳峰、尚华，还有一位就叫杨文元。

杨文元是新中国成立之初，译制厂还是一个组室的时候考进来的。当时老厂长就惊呼，这是一块难得的材料。铜锤嗓子，如同京剧中的裘盛戎，特色之鲜明，极为难得。翻译片中念名字须半中半洋，而他是说得最活、最流利的，仅此一点就让人感到与角色之融贴。他最擅长也最适合配法西斯高级军官，如《献给检察官的玫瑰花》《科伦上尉》《神童》中的法西斯匪徒。片中若有暴跳如雷的桥段，可让他发挥到极致。那部与李梓搭戏的《塔曼果》中贪婪凶暴又无情的船长也是他的杰作。

说到这里，你一定会把他想象成和戏里角色一样，高头大马，身材壮硕。你想错了。他长得高这没错，却是骨瘦如柴，个性更是挺温和谦让的。真不知道他宏大的气息和气势是如何练就的。

有一回我俩结伴去外地讲课。他习惯戴一副圆形墨镜，活像个黑社会头子——我就这样跟他开起了玩笑。然他毫无笑意，显见是生气了，弄得我好尴尬。也许是勾起了他不愉快的回忆吧——有好几年他被解送到青海劳动。这些事就说不清楚了，我们也无心去追究。

　　而我是在 20 世纪 80 年代初，进厂工作八年之后，才第一次见到我心仪已久的杨老师。那时他已从青海归来，尽管身心疲惫，却还是想回到朝朝暮暮想念的上译厂，干他拿手的活儿。他毕竟是幸运的，我们老厂长爱才如命（何况到此时他还是个单身汉），二话不说，就让他重操旧业。尽管他的业务比以前生疏了，但老厂长还是给他安排了比较重要的角色，这便是德国片《英俊少年》中的老外公，影片中这角色是个大企业家。

　　我心底里是非常欣赏和崇拜他的，但我面儿上没有直接表示过。我们彼此是心有灵犀一点通，相互很合得来。20 世纪 90 年代，大伙儿在厂外开辟配音"战场"。他知我老实、守时，会一门心思全力以赴投入工作，便很愿意邀我一起合作。我们都是一心要把工作搞好的人，因而在现场，他一般都放心地随我发挥，气氛融洽而放松。可惜他最后因身体原因而早逝，令我们这些晚辈学生唏嘘不已。

　　铜锤嗓子啊，配音班子里不可或缺的行当，现今这样罕见的特色又去哪里寻觅呢？

　　说起来，上译厂真是个藏龙卧虎之地。值得好好给大家推荐一下的演员，除了杨文元，还有胡庆汉、张同凝等。他们虽不像邱岳峰、毕克大师那么赫赫有名，却也都是独具特色、可结结实实独当一面的悍将。

　　胡庆汉，在我 1973 年跨进上译厂工作之后，他多半已不配主要角色，转而担当现场执行导演的工作。我觉得他的导演工作倒很有特色，即令演员尽量减少在棚里的负担，所以在他手下做演员很放松。他会先给你一个基本肯定：不错，只是分寸上个别地方需稍作调整。他会极贴心地建议：咱们是否来一个更好的？演员吃了定心丸，又受他鼓舞，当然会更有信心，憋足了劲儿去争取得到满分。他习惯于一等你录完，就率先冲到银幕前，摘下他的深度近视眼镜，帮你检验你的口型是否对上了。听他一声欢呼，可以，过！你会觉着这胖乎乎的"胡大帅"真是可亲、可爱极了。

在配音工作之外，胡庆汉给我最深印象的其实是他的朗诵。当时，上海滩上有口碑的三大朗诵家，他是其中之一，还有两位则是孙道临老师和黄宗英老师。

胡庆汉老师声音条件呱呱叫，浑厚、松弛，声若洪钟（其实光让他在棚里发挥，着实可惜）。他在台上朗诵，不用话筒便可轻松把声音送到剧场最后一排。他的另一个特点是，朗诵不事雕琢，极其流畅。听他朗诵《黄河大合唱》的旁白，真是又有气魄，又丝丝入扣，给人以极震撼的听觉享受。

张同凝，这位女配音演员又是一绝。天生一副老人的沧桑嗓子，辨识度极高，凡老妈妈型的角色当然非她莫属。

张老师来自北京，台词清晰度、准确度非同一般，北京人这个先决条件也非同一般，她本非表演专业出身，进厂前是一贤惠的家庭主妇，能有后来的艺术造诣实属不易，天赋的背后更有兢兢业业所下的功夫。苏联影片《红莓》中男主角老母亲一角就是张同凝老师配的音。她那主场戏，要求她配得极苍老，要絮絮叨叽，不能太清晰，又要叫人基本听得清，台词量大，口型复杂，配成难度很大。我们的张老师因为准备充分，一遍遍地安排自己排戏，因此在现场几乎一遍就过了。如此说词不加修饰，又情绪饱满，实属难得。有意思的是，她和上影剧团老演员卫禹平是一对夫妇。他们是老派夫妻，走在街上，永远是夫唱妇随，一个昂首挺胸走在前，一个小碎步跟随着，几乎没有并肩走的情况，更不要说牵个手什么的了，好玩得很。

我们陈叙一老厂长挖掘和重用这样一个个人才，亦可见他用人之绝。上译厂遂逐渐形成一个生旦净末丑行当齐全的班子，在陈老头他那神奇的指挥棒掌控下，上译厂为全国影迷朋友所喜爱，并成为他们永远抹不去的一道记忆。

是啊，我在这里说东道西，实际上总绕不开一个人，也不用猜了，就是我们神奇的老厂长。我们这个地方有吸引力，不仅是因为这里有精彩的外国影片，更是我们老厂长的人格魅力无形之中在吸引和召唤着来自四面八方的同志。

在这里我还想说两个上影人——而他们也自认是上译人——这两位让翻译片事业成为上海品牌功不可没的朋友，我不能不特别向他们致以敬礼，一位就是孙道临，另一位则是卫禹平。

回想 20 世纪 70 年代，尤其 1976 年前，上译厂一度是个奇特的存在，因为肩负为内参片配音的特殊任务，业务活动从未停过，基本上活儿干完了便直送北京。那时，我们演员组不够用，就大量借用故事片厂的中、老年演员。有时东西要得急，还需通宵赶配，这里翻译刚落实好一段台词（很多情况完全靠听原片，并无原来的剧本），那里有关演员就拿了字条进棚开录了，这种情况，非老厂长亲自坐镇不可。他居然指挥若定，累得嗓子全哑了，却从未出过差池。那时候，厂里真是热闹非凡，特别有劲。借来的演员也个个兴高采烈，为有这样的天赐良机而庆幸，尤其那些得以暂时摆脱"牛棚""羊棚"的上影演员，更对我们上译厂有着一份特殊的感激之情，这其中，有两位特别热衷介入配音，那便是孙道临老师和卫禹平老师。

在我眼里，这两位老师无疑就是我们上译人了，看着两位男神从银幕上走下来，平平凡凡地和我们一起苦斗，常感到不可思议。同时，我们这帮幼稚的学生更是一有空就钻到棚里，看他们如何一句一句从容不迫地塑造角色，这种学习机会真是空前难得。

孙道临老师很早就和我们厂有过合作。我读中学的时候，就清楚地知晓，《列宁在1918》中的肃反最高负责人捷尔任斯基就是孙道临老师配的，那么严峻，那么敏锐，台词干净利落，又有威慑力，给人留下深刻的印象（奇怪为列宁配音的张伐好像以后再也没有来工作过）。随后几年公映的《王子复仇记》就更是孙老师的杰作。几个重场戏中，王子的台词量巨大，且饱含激情，语速又那么快，其配音水平之高，恐是空前绝后的了。20世纪60年代初厂里的重点片、苏联影片《白痴》中的男主角梅思金公爵，那角色如同孩子一般的纯与痴，也被孙老师刻画得准确、鲜明极了，声音和角色如此贴近，令观众听得如痴如醉。我1973年进厂工作，刚开始只是个跑龙套的小学徒，却也亲眼见过孙道临老师为《基督山伯爵》《梅亚林》等影片配音的情形。凡他经手的片子无不是不可多得的传世佳作，我很自然也潜移默化地从孙老师那里接受了诸多的影响。我常暗叹，这样的配音人才（此地是说他配音方面的艺术造诣和条件），恐怕一百年只能出这么一个了。

卫禹平天生有副搞音乐歌唱的好嗓子，中音音色，有厚度、有水分，又不失金属之声。听他刚质的声音真是一种享受。我记得很清楚，20世纪50年代一部轰动全国的苏联影片《牛虻》，主角亚瑟的配音者便是卫禹平老师。老厂长的挑选是对的，也许这个角色扮演者很年轻，用卫老师的声音显见是老了点，但角色的精神气质所需的正是那种成熟感、沧桑感，否则起不到应有的震慑作用。70年代后，卫老师主动要求留下，进入上译厂的编制，不再回故事片厂了，这是我们厂的荣幸。他后来担任我们演员组的组长。我记得那部意大利影片《一个警察局长的自白》，片中两个主要角色的配音分别由卫禹平和毕克担当。一个警察局长正直、机警、老练，另一个检察官亦不乏正直，但过于自信，脾气固执且稍显稚嫩，听两位老师的配音，真是味道好极了，对手戏都极精彩，人物的个性气质都被刻画得极鲜明。我私下常反复观摩学习，也希望年轻的朋友好好从网上找一找，虔诚地去观赏一下。片中还有个坏到骨子里的反派——打着房地产开发旗号的头目，阴险、狠毒，是尚华老师入木三分地把它拿下了，对两位主角起到极佳的衬托作用。

只可惜其后数年，正是电影人可大干一场的时候，老卫却因病而长期卧床在家，令我们失去了许多可向他学习、讨教的机会。

好了，该到刹车的时候了，拿什么作结束语呢？我总在想，上译厂这个品牌，这面旗帜，作为上译人，我们深知其来之不易。而今天的市场环境与当年有了很大的不同，落入低谷并非不可理解，但我相信这只是暂时的，终有一日东山再起。我热切希望对我们不离不弃的粉丝朋友们，希望有识之士们，和我们一起来总结，一起来开拓，为了那正在向我们走来的翻译片复兴的美好春天，为了我们共同的事业，一起努力，一起关注，一起加油！

那一年，沪剧曾轰动上海滩

—— 兼忆沪剧名家袁滨忠

我是什么人？我就是上译厂配"佐罗"的普通配音演员。这样一介绍，你或许会奇怪，怎么选择一个这样的题材来回忆，上海的沪剧又有你什么事儿？读者如这样想也很自然，"佐罗"的"洋"和沪剧的"土"似乎风马牛不相及嘛。我现在想想，这个事儿多少亦有点传奇色彩，容我如实将这"色彩"为你道来，相信你一定愿意聆听。

其实，我是个颇"资深"的戏迷。大约 1955 年之后，我上初中高中那会儿，曾被沪剧和评弹迷住，不能自拔，这也成为我艺术道路上最初的启蒙。可怜我接触这两门艺术的途径，唯有收听电台的戏曲广播。我说过，我是个货真价实的广播迷，不管时代怎么变化，都不曾改变，直到现在我居室内还备有三架小收音机，其中一架可随身携带。我和我太太的结合，缘分之一便是我们有共同爱好、共同语言，而她的狂热爱好还要加上一个越剧。她尽管比我小好几岁，迷劲不在我之下，但她是有条件堂而皇之、大模大样进剧场去观摩的。这个上海女人功课可以马马虎虎，戏啊、电影啊、话剧啊，却是一个不能少的。学了点沪剧，水平不过三脚猫而已，但三秋下乡劳动倒可派着点用场，为农民演唱。说实在的，上海若没有这帮痴得可以的戏迷（她们至今唱词一字不错），那上海就大为逊色了。

在市西上高中时，学校有沪剧兴趣小组。那姓叶的"女魔头"，倒是很有魄力和决断，不由分说就把我拉到组织里去滥竽充数，其实我只是个痴痴的戏迷，什么也不会，也未忘乎所以地去学唱。须知她的舅舅便是大名鼎鼎的沪剧大家王盘声。那回排演《星星之火》片段，又是二话不说，促成我艺术生涯中的首秀——让我在戏中演一个角色，到台上晃了两晃。见鬼，干吗不安排我拉大幕，偏把我这个见了人会脸红的小男生推到台上去演庄老四——日本鬼子手下的凶恶走狗、小反派。我这样的长相这样的音色，还要唱两句"十字花押"什么的，笑话死人了。可我有什么办法，罢演也已来不及，眼睛一闭，上去哉！幸好我像上课一样习惯于动小脑筋，把眼睛弄成独眼龙（看电影看来的），还蛮吓人的，首秀算大功告成。

反正，一年一年戏迷做得有滋有味，就迎来了1959年年底一场特殊的沪剧演出。当然，我只有饱饱耳福的份儿，其他都是想象。那是一台清唱方式的沪剧流派大汇演，演的是曹禺的《雷雨》。因为所有角色都破天荒地由沪上各沪剧团的台柱来担纲，如解文元、丁是娥、邵滨孙、石筱英、筱爱琴、王盘声、袁滨忠、杨飞飞等，这些演员我都可如数家珍地报给你听。于是，消息刚出去，便像起了一场旋风，轰动了整个上海。一时市民津津乐道的聊天主题便是这场演出，一票难求自是可以想象。演出轰轰烈烈落下大幕，但余波未消，我们这些狂热听众则一次又一次给电台去信，恳请他们一次又一次再重播。

至于我这个热心听众，居然还有一份意外的收获，即发现了一个杰出人才，那便是和王盘声大师可并驾齐驱的爱华沪剧团台柱演员——袁滨忠。袁老师在演出中，唱小少爷（王盘声唱大少爷）。天哪，袁滨忠老师的音色是这样的优美，每个字音都唱得绝妙动听，高音又上得这么漂亮，实在是沪剧界少有。剧团中一个老资格演奏员有如此评价：“像袁滨忠这样的声音条件，大概一百年只会出一个。”而他的老师兄王盘声老师则是化腐朽为神奇，他的鼻音成了标志性特色，人家欣赏和迷恋的就是他的鼻音。

我考上了上戏之后，转而迷上配音艺术，对沪剧和评弹的迷劲就暂时搁到了一边，但内心深处，那种喜爱之情依然挥之不去。于是，你便可想象，2004年我退休不久，沪剧这朵火苗，好像又在我内心复活。为纪念袁老师离世四十周年，我有感于心，写了一篇长文——《世上曾有袁滨忠》，虽不免幼稚，《文汇报·笔会》倒很有兴趣把此文推荐给读者，刊出后居然还有良好反馈。接着，我就鼓动电台戏曲部门的朋友，在电台里做了一期两小时的座谈会，追忆袁滨忠老师。袁老师是英年早逝，去世时间是1967年，今年是他离开我们五十五周年。我又心动了，给《新民晚报》投了一篇《了不起的袁滨忠》，文章结尾处还把我的一个创意告诉读者：我想策划、组织一场晚会，向1959年的流派大汇演致敬，更大目的是：为了推广、弘扬沪剧艺术，且上台的演员要"海选"，挑选长三角范围最出色的演员组成演出班子。而现在电台似也有感应，这两周分两次在郑重重播十余年前那个追忆座谈会的实况录音，此举又让我好不惊喜。

好了，说到这里，各位当可猜到我写此文的用意，就是想大书特书沪剧界少有的好人袁滨忠老师，就是想把袁滨忠老师这样一个杰出的、承上启下的沪剧人才推荐给大家，与大家分享，相信大家不会因为我的心血来潮而失望的。刚才我已迫不及待介绍了袁老师独特的音色，这是他的一大特色，光这一条已是一个传奇。而我要告诉大家的是，他的整个演艺生涯也是一个传奇，让你难以想象。

他懂事之前，倒并无传奇色彩。他的童年可用"酸楚"二字来形容。他本是浙江宁波地方的一个孤儿，后来被继父收养。因这个继父陆续又有了三个亲生儿子，袁滨忠的处境便极难。举个例子，上小学的时候，老师总奇怪，这个同学老是往最后一排躲。后来才明白，他很怕被叫起来提问，因为他实在没有一条像样的裤子，一站起来就要出洋相。幸好他天资聪慧，又极肯用功读书，因此成绩在班里特别优秀。小学毕业，他便很轻松地考入了上海名牌中学——上海中学。

原本可以想象他必定前途无量，将来做个工程师、医生、律师都不在话下。然而天有不测风云，家里一个突然决定，让这个学霸中学生的命运来了一个一百八十度大转弯：他继父居然要他拜师学艺，去唱沪剧（因他继父有个好友是沪剧界资深演员筱文彬）。对于袁滨忠来说，这无疑是晴天霹雳，万万想不到！怎么办？袁滨忠无人可商量，亦只好认命，从此开启了他近20年的沪剧生涯。不过，这贫寒的童年加上出众的读书天资，对他日后从艺生涯如何去体验角色、如何理解剧本，又是能起到极大作用的。

像袁滨忠这样一个好苗子，若没有贵人相助，想要崭露头角也还是很难。幸运的是，他碰上了伯乐，她就是爱华沪剧团的掌门人、沪剧界极具风度的前辈演员凌爱珍。这位慈母一般的老艺人独具慧眼，把袁滨忠从众多学徒中挑进自己组建的剧团，而且很快放手让他担纲主要角色。当然，在此过程中凌爱珍自己也是要承担风险的，好在袁滨忠不负众望，特别用功地塑造了一个又一个角色。他又富有创造性，善动脑筋钻研唱腔，使之赋予歌唱性、向高里走的特色，加上他注重声情并茂，遂使他的艺术才华越来越得到戏迷们的赏识，袁派唱腔也逐渐形成。

到了1959年，在酝酿沪剧界流派大汇演之时，凌爱珍又放弃自己的入选机会，力推袁滨忠出演《雷雨》中的小少爷。她无疑是英明的，参演这部戏后，袁滨忠果然红遍上海滩，尤难得的是俘获了大量小青年的心，从此袁滨忠在沪剧界受关注、受欢迎的程度，可与其师兄王盘声相提并论。"文革"之后，我倒有幸见到袁滨忠的夫人以及他的女儿。他女儿因为年纪小，当我们说起她父亲当年引起的轰动、我们对他的崇拜，她瞪大了眼睛，还觉得不可思议。

袁滨忠是1950年跨入剧团的，是在党和人民培育下成长起来的新中国沪剧艺术工作者，自然身上不会带有旧社会艺人的习气，单单纯纯地演戏，这一点特别重要和可贵，而演的又多是现实题材或红色题材的戏，如《苗家儿女》《年青的一代》《千万不要忘记》《青春之歌》等，尤其是20世纪60年代初的《红灯记》（根据电影《革命自有后来人》改编），他扮演主角铁路工人李玉和，在台上的形象光彩夺目，一句"我为党工作，贡献很少"说得朴实、动情、催人泪下。此剧很快引起北京方面注意，并迅即移植成现代革命京剧《红灯记》。那十来年里，这部作品成为当时上海市民的文艺生活中无法绕过的重要部分，他的艺术魅力征服了老少沪剧戏迷。毫不夸张，我们都有切身体会。

他和太太的恋爱和结婚，实际上也更多是精神和艺术上的结合。他太太无疑是个戏迷。戏迷和她所崇拜、欣赏的男子走到一起顺理成章，但他们这一对又颇有点传奇。那时候，袁滨忠已红得发紫，无数戏迷拥戴着他，然而在这方面，他却从来不为所动，规规矩矩。一次普通聚会上，他与太太偶遇，并一见钟情。问题是，女方家里相当有钱，得知女儿看上了一个他们眼中的"戏子"，断然反对这门婚事。为了忠实于他们的爱情，袁太太决定"私奔"，拎起一只皮箱就上了袁滨忠所住的石库门小阁楼。袁太太怀孕的消息传回娘家，母亲的态度先软了下来，这门婚事遂得到认可。袁滨忠和他太太的感情一直很好，这也令戏迷们肃然起敬。

发生在袁滨忠身上的故事很多很多，包括他和电影演员梁波罗在南京路一家皮鞋店里偶遇，从此亲密交往的插曲亦很有趣，限于篇幅只能留待以后再说了。说实在的，我这个人是特别推崇艺人的人品的，深感像袁滨忠老师这样业务能力和个人条件皆出类拔萃的沪剧艺术工作者，人品也极好，值得我好好学习。你看他富有献身精神，一心一意热爱的就是沪剧艺术，并从中找到自己的最大快乐。袁滨忠做人老实认真，清清白白；重事业不重名利；对父母尽孝，哪怕是继父也不忘他的抚养之恩；对太太无比忠诚，对戏迷不忘感恩。这样好的人品实属难得。

而像他这样的演员，坚守沪剧阵地，从不会见异思迁，这也实在是了不起。这些年中，我们看到有的演员，尤其是那些培养成剧团台柱的艺人，出于个人利益考虑，说走就走了。他们的所作所为，和袁滨忠这样的艺人不是形成鲜明对比吗？对这样的现象，我深感痛心。

说到这里，读者可能要问：袁滨忠老师今还健在吗？这个问题我是最不愿意回答的……我一直有个心愿，想亲见袁老师一面，当面表达我的羡慕和感激，但我知道这个心愿永远无法实现了。1966 年，万万想不到一场浩劫瞬时降临到袁老师夫妇身上。短短一年之后的 1967 年 12 月，可怜的袁滨忠老师，杰出的沪剧表演艺术家，永远离开了我们这些戏迷，离开了他视作生命的舞台。那时他才三十六岁，三十六岁啊！

上海人喜欢沪剧是天经地义的事。上海人要热心推广自己的地方戏，为其摇旗呐喊，尤其要让青少年朋友渐渐接受它、喜欢它。除了我们这些拥有沪剧情结的老年戏迷要坚持起一点推动作用外，更希望沪上的有识之士都能千方百计为沪剧的健康发展出一把力。让我们这些忠心耿耿的沪剧爱好者们，携手前进吧！

我所知道的袁滨忠

　　朋友，上海本地的沪剧，也许你略知一二，大名鼎鼎的沪剧表演艺术家王盘声，也许你也听说过。同样曾经名震上海滩的沪剧演员袁滨忠，也许你就不那么熟悉了。

　　我坦言，我们这把年纪的朋友许许多多都是他忠实的粉丝，我的老三届、老高中的太太也不例外。我算比较惨的，因囊中羞涩，都停留在收音机边聆听他的演唱上，而无缘踏进剧场去欣赏，这已成了我永远无法弥补的遗憾。至于我做起配音梦则是之后的事了。袁老师不幸早逝于1967年，而现在已是2023年，这么多年过去了，当我们今天提到袁滨忠，提到他创立的袁派艺术，依然会有一份冲动，一份由衷的热情，不仅希望天天能在电台戏曲频道听到他迷人的演唱，也总有欲望涂几笔，写一写他的传奇过往，尤想为现在的茫无所知的年轻人推介一下这位杰出的沪剧从业者，这位德艺双馨、与众不同的袁滨忠老师。

　　有人不免会提出这样的疑问：袁滨忠老师真有这么神奇吗？

那么就容我慢慢来为你解答。

　　一个地方戏曲演员，他的个人魅力和吸引力能达到何种程度，现在的年轻人不但闻所未闻，也恐怕难以想象。最难得的是，那时候连许多中学生——高中生、初中生，也迷劲十足，功课可以得过且过，剧场是不可不进去的。因为心仪的袁滨忠大家在台上演唱。谢幕了、散场了，这帮小家伙还要跟着大人蜂拥到舞台工作人员出入口处，眼巴巴地试图一窥袁老师卸妆后的风采。这一幕幕，已步入老年的袁派艺术痴迷者们提起来仍会津津乐道，而决不会认为少时的作为是荒唐可笑的。

　　一个做演员的自然是应当具有相应的条件：五官、嗓音、身材等。袁滨忠老师的先天条件确是与众不同，他的音色漂亮，声音又有厚度，极具辨识度。他的高音辉煌，上高音不费力，声带闭合极佳，经得起折腾。难怪他团里的资深伴奏师会由衷地点赞："像袁滨忠这样的声音条件，大概一百年只会出一个。"可惜他的从艺生涯仅十数年之后便戛然而止，我不能不把"天妒英才"这四个字用在他的身上了。

　　当然，心理素质、人品更应是决定一切的，正是在这方面，袁老师特别令人肃然起敬，我自叹远远不如。

　　袁老师是善良的。先说个小插曲，很好笑，但很说明问题。袁滨忠大红大紫之时，有个年轻记者冒冒失失趁袁老师化妆时想采访他，他以为大明星总可以一眼就看出，却不料兜了几个圈子也未找到，结果令他大吃一惊的是，一直忙忙碌碌在他身边为这个递茶、为那个斟水的汉子就是袁滨忠。

他与生俱来就有很浓重的感恩、报恩思想，他的孝心和厚道在剧团里是出了名的，这恐怕和他幼、童年时几乎成了孤儿的惨痛经历有关。尽管他是这样一个名角、台柱，那时收入亦是有限，但他每年总要挤出一些钱款，接济他外地的亲生父母（他们因穷困，小时候就把袁滨忠过继给上海的一户人家）。他的继父并非什么好料，袁滨忠在上海中学读得好好的，继父突然就令他放弃学业，去拜师学沪剧。袁滨忠不计前嫌，也总是寄钱给他。沪剧前辈师父筱文彬，他逢年过节当然也不忘孝敬。感动得筱文彬逢人便说，我收下的这么多学生，还是滨忠最老实，对我最好。俗话说，做人孝为先。从这个角度亦足以检验袁老师为人的品质之好。即所有曾帮助、支持过他的朋友，像老搭档韩玉敏、伯乐师父凌爱珍，他都永志不忘，且"滴水之恩，涌泉相报"。当然自己的爱人默默在背后力挺他的事业，他更是深情牵手，感激不尽。我完全理解，他必是要以更大的工作热情和拿出更出色的作品来作为对终身伴侣的最好回报。

他也是一个忠诚的人。忠于他的事业、坚守沪剧阵地，一门心思就做一件事，绝不见异思迁。这样的境界天经地义，本来是不成什么问题的。然说实在的，面对现在的市场经济，周围诱惑又是那么多，坚守阵地确已变得不易。有少数朋友很快经不起考验，我们都看在眼里，沪剧界也有令人痛心的事例。有的人成才了、成名了，为了谋取个人私利，拍拍屁股，一走了之，完全不把人民的栽培放在心上，亦无情地辜负了戏迷朋友对他们的热切期望。人活在世上，总得讲一点良心吧，这些人实在是很令老百姓失望啊！

　　袁滨忠的太太郑女士曾不止一次深有感触地告诉我们，其实滨忠活得也很简单，就是把工作做好，而且是有创造性地尽最大努力做好。作为剧团台柱，他的工作量惊人。因为剧团业务蒸蒸日上，滨忠本人又极具号召力，因此，一天演日夜两场接着再赶排新戏已是家常便饭。在这种情况下，滨忠还强调创新，每个新戏都要捣鼓出一些新的唱腔，致使观众戏迷就为了听他的新腔而再三再四地跨入剧场。滨忠算得名声在外，却毫无大明星架子，日常工作中，强调团队合作精神，再苦再累亦善于发挥大家的积极性，互相配合，互相提携把好质量关。绝不满足现状，而是以艺术上的发明创造为荣，那时剧团里上上下下生活都非常充实和幸福。至于名和利，在他心目中真的不重要。戏迷朋友们满意、喝彩、高兴、满足，乃是追求的唯一目标。为了这个目标滨忠奋斗了一辈子，也确实无暇顾及闲适的家庭生活和天伦之乐，他没有时间，也没有精力。

　　那么袁老师的感情生活呢？我可以怀着同样敬佩的心情告诉你，就是那八个字：严肃认真，光明磊落。你或会想当然地推测，这样的大明星这方面难免会玩点浪漫。很抱歉你错了。什么浪漫不浪漫的，袁老师恰恰不喜欢。他的感情生活倒并无与众不同之处，到了恋爱年龄（他绝对是晚恋的）他就如平常人一样地入了交友的行列。经朋友介绍，他和郑小姐结识并相互走近。结果是两个带有传奇色彩的有缘之人（女方为忠于爱情而不惜与富豪家庭决裂，义无反顾跟着心上人踏上男方租居的石库门里的一个小小阁楼），步入了神圣的婚姻殿堂。从此一心一意，相互陪伴，有了三个女儿，幸福美满十余年。是的，按袁滨忠的名望和地位，只要他意志稍一不坚定，那么上海滩上那些痴女们无疑都会如灯蛾扑火一般执着投怀送抱没商量矣。

了不起的袁滨忠，并非从天上掉下来的，而是新社会党和人民精心栽培的上海沪剧界少有的好苗子。加上他本人的努力奋斗，不到十年，这个后起之秀便形成独特的沪剧流派——袁派艺术。想那 20 世纪 50 年代末，曾策划举办过《雷雨》片段沪剧代表性流派和人物清唱大汇演，袁老师亦是其中一员，饰演《雷雨》中小少爷一角。这次沪剧流派大汇演轰动上海滩。而经此汇演，袁滨忠和他的袁派艺术更加红遍沪剧界，赢得沪上戏迷狂热的拥戴。然所有这一切，袁老师并不为之所动，倒是一步一个脚印，以更加充沛和旺盛的精力去力推现代题材的剧目，以塑造现代人的形象为己任。他先后在《苗家儿女》《年青的一代》《千万不要忘记》等剧中扮演主要角色。特别在 20 世纪 60 年代初的《红灯记》一剧中，大显身手。灌注了自己对党对革命的由衷激情，从而把李玉和的光辉形象塑造得极富光彩，获得专业人士及业外戏迷的一致推崇，当之无愧地站上了个人演艺生涯的新高峰。说起这个戏，"文革"之初还在演出，但袁老师已从主角沦落为一个龙套角色——磨剪刀的小工。但你听他在台上一声吆喝——磨剪子来，抢菜刀！依然瞬间博得会场戏迷们的满堂喝彩，还有观众情不自禁站起来，狂呼：再来一个！让某些人束手无策、啼笑皆非。

行文至此，大家必可感受到我的心情。确实，我是抱着极大的敬重、真诚学习的态度写下以上这些文字。人非圣贤，总有某些不足之处吧，但从袁滨忠老师的身上找不到可以批评的地方。你想得到吗，这样一个难得的人才，这样一个德艺双馨的艺术家，居然在"文革"中也惨遭迫害。1967年，年纪才三十六岁的袁老师，便在一次批斗会上，以莫须有的荒唐罪名，被塞入麻袋，在棍棒一下又一下的无情击打下，停止了他的呼吸！直至他夫人跌跌撞撞在人搀扶下赶到现场，却连一块想要留作纪念的手表都已被扭曲、砸碎……让我们戏迷们耿耿于怀！

天上多了一个天使，人间少了一位大师。说实在的，我对于袁滨忠老师的认识和感受，应还是很粗浅。总觉得，这样一个沪剧界至今无人能赶上更遑论超越的杰出人才，他所提供的信息量是巨大的。有关他的方方面面，他的成才成长之路值得我们深入地研讨、探索和总结。希望文艺界有识之士，尤其沪剧界的朋友一起着手做这件事。这是沪剧事业推广发展的需要，亦是我们社会的需要。我们这些老戏迷们，对于现在年轻的从业者，当然不便多提过高的要求，他们能生活、坚守在今天的沪剧阵地已实属不易。我认为，我们可以不像袁老师那样，条件那么出色，工作那么优秀，但我们应当也可以做到的就是：好好沉下心来向袁老师学习，排除浮躁、功利，尽最大努力搞出自己独有的特色来。总之，老老实实、勤勤恳恳搞好工作，目的就是一个：报答衣食父母们的养育、栽培之恩，让他们高兴，让他们欣慰，而千万不要让他们摇头、失望。

我想，我们这个时代是需要榜样的，文艺界亦是。袁滨忠老师短暂而辉煌的一生，就是我们文艺工作者学习的好榜样。在我心里他永远活着，永远在引导我健康前行。我向他致以崇高的敬礼！

咱们的李老师

去年金秋十月，我们这帮上戏66届生活在上海的老同学有个聚会。这一晚，一位特殊来宾的践约，尤令我们兴奋。他就是曾经带了我们四年的授课老师李志舆。

我们的李老师非常"知识分子"，内敛而长于思索。表述的想法都经过深思熟虑、仔细推敲，一字一句从他嘴里缓缓流出，令你记忆深刻。这一点倒颇像他的指导老师——朱端钧和田稼。也是因为这个，他烟抽得很凶，想改也改不掉。不过，在课堂上看着他皱着眉，手上一支烟的神态，还是挺有男人味儿的。他也不常笑。但一笑起来，满脸的褶子，似阳光灿烂。那时候，大家最在乎的自然是表演课上的小品作业，老师下评语，好比法官宣判那样。每每当他垂下眼睛陷入沉思之际，那一两分钟的震慑力，会令个别天不怕地不怕的女生也有几分敬畏，尽管李老师作评语时，心平气和，从不表现出激烈的言词和神情。

老师身上焕发的才气是实实在在把我们都征服了的。毫无疑问，他崇尚和承继的是斯坦尼斯拉夫斯基的表演体系。我感受特别深刻的是，李老师总是强调，演员要重交流、重感受，要时时刻刻真想真听真行动，不要去表演，而是要生活在舞台上，体验和完全融入角色。这种朴朴实实的境界，实在又是最难达到的境界啊！于是，李老师也就很不屑和反感那种表演中的匠气、刻板假门儿假事儿、不走心。我们在晚宴席间也会涉及现时某一些演员的作为。李老师也发表自己的见解，虽只是谈笑般三言两语，即刻会引起我们的共鸣，更会有一种业务上收获多多的感觉。

说实在的，我并非李老师的得意门生。我更多的是从课堂生活中的诸多失败领略到真听真想真行动道理的奥妙。比如，我和另外一个男同学排过一个片断，表现一个空军部队里的两个老战友间的思想冲突。李老师坐镇，他两边还坐满同学观摩，这阵势已让我想打退堂鼓。按剧本提示，为了冲淡两人间的火药味，我先克制自己，主动向对方递上一支烟。可是，因为内心慌张，根本没有意识到点烟之后火柴梗未掐灭，匆匆往火柴盒里一塞就搁进裤袋里了。结果可想而知，裤袋里冒出了一股浓烟。闹出这样的笑话，我自然心情极沮丧。而李老师却一反常态，未作任何评语，因为他体察到我已经明白应当如何吸取教训了。

李老师对我总是格外宽容，这使我对他有一份高度的依赖感。我后来鼓足勇气请他助我一臂之力与此不无关系。那是1972年，我和一批同学面临上戏的重新分配。我意识到这是一个重要机遇，如若错过，也许将终身难圆我想进上译厂从事配音工作的梦了。于是我找到李老师，倾诉了心愿。事实上李老师亦是根据他对我的了解，并考量了我的种种情况才郑重允诺帮我争取一下。当时，他并没说什么大话，此后似乎也没什么下文了。后来的事实是，1973年我终于如愿以偿跨进了上译厂。多少年之后，我才恍然大悟，他当时特地去托了他的嫂子——李纬的爱人、电影演员张莺老师。张莺老师跟老厂长陈叙一夫妇是多年的老友。张老师个性豪爽，又善磨人，在我们老厂长面前"狠狠"发话：要不收下我，每天上他家去闹，缠得老厂长哭笑不得。这个内幕，还是前年张莺老师在一个朋友聚会上当笑话说给大家听的。

李老师是很典型的单单纯纯演戏、清清白白做人。在我印象中，除了一门心思投入教学、演出之外，他没有什么特别的业余爱好，似是"不食人间烟火"。因此，那一日忽听到一个消息，说是李老师要结婚了，我们居然会大吃一惊，都拼命猜想，到底是何方仙女竟能博得我们上戏才子的青睐。粉碎"四人帮"之初那几年，他以高涨的热情，参与拍摄的《伤痕》电影中，就鲜明地融入了他的种种思考。"文革"之前，他是首先出演话剧《年青的一代》中林育生这一角的。"文革"之后的二十余年，更是频频被邀去塑造电影、电视剧中的主要或重要角色，如《苦恼人的笑》《巴山夜雨》《徐悲鸿》等。他扎实的表演功底，不但助他成功地塑造了角色，也以他的实践，为我们这些学生一次又一次地作着卓有成效的示范。

也因为李老师对艺术依然执着的追求，四年前，差点送掉他一条命。当时他正担纲一部电视剧的主角。不料戏即将杀青时，急性前列腺炎突然袭来。为了顾全大局，他强忍剧痛不去就医，坚持把戏拍完。三天后，戏拍完了，李老师也被十万火急地送到医院抢救……打那之后，李老师深居简出，不再接什么戏。我想，这样也好，身体健康第一重要。在调养好身体的前提下，但愿李老师能匀出一部分精力花在写作上，把自己毕生教学、演戏的经验无遗漏地总结出来，相信对后来人定是一笔宝贵的精神财富。

按李老师的做人原则，总是凡事能让则让，与世无争。但若是逼急了，忍无可忍，他发起脾气也是很吓人的。曾出过这样一件事：正逢好不容易组织起来的一场朱端钧大师的纪念研讨会，其间，怀着虔诚的敬意，李老师用心再三推敲，写就了一大篇学术分量很重的文章，特地用特快专递送交学校有关负责人。谁想得到，从此之后就没了音讯。一问才知，此文竟告遗失，肇事者还一副漫不经心的样子，惹得李老师拍桌子大光其火！我们听说了此事，也个个都摩拳擦掌，义愤填膺。须知，李老师的文章没有留下一个字的底稿啊！

如今，我们这些做学生的，连年龄最小的亦年过六十，而李老师更是奔着九十去了。岁月如梭，如果我们的点滴成就能博得老师欣慰一笑，是我们的最大快乐。望着老师更加稀疏的白发，望着他脸上刻下的深深皱纹，我们在心里说：不管这世道怎样变化，你永远是我们的老师，我们的良师益友。

致敬杨在葆老师

2月13日，惊闻杨在葆大师哥因心脏病而突然离开了我们这个世界。从此，我们再不会有"石东根""肖继业""代理市长"等中国硬汉形象了。想到这些不禁悲从中来。

我尤痛惜杨老师的一身本事未及充分传授给年轻的艺友，而猝然随他一起去了那个世界。

我曾写过一篇题为《杨在葆印象》的文章，那是那年在福州与他有过一次同台演出之后。我们一起相处了三天，实在很难得，给我留下深刻印象。

杨在葆老师是如何乐呵呵和普通员工合影留念、有求必应，又是如何主动为开车的司机也大笔一挥留下他的墨宝，这都是我亲眼所见。他又不止一次抚着我肩膀贴心地说："老百姓对我们这些文艺工作者这么好，我们千万不能怠慢了他们，一举一动千万不能让他们失望。"这是我亲耳听到的。总记得他就像个大哥哥那样，真心贴心地为我怎样发挥余热、怎样好好生活出谋划策。现在每每回忆起来，我还不禁潸然泪下。

不错，杨大哥身上，比业务更让我敬重的，是他的为人。他把人民、把观众朋友看作自己的衣食父母，甘心做人民忠诚的艺术家。

拿出和杨在葆老师一起照的那几张相片，我忽然意识到，咱们的杨大哥真可谓上戏的骄傲，上海的骄傲。上海演员有些地方实在很了不起，我为之自豪。举个小例子——做广告，就很说明问题。我印象中，杨老师是极谨慎对待的。当然还有些出色的上海演员，像焦晃、梁波罗等，也都是这样的。已去世的孙道临老师，更曾发誓，一辈子决不做什么广告。有的演员也许并非只为赚几个钱，但却会造成某些负面影响。如以前有个饰演诸葛亮的，今天还在指挥三军大破曹操，隔天就出现在公交车上，为推销某品牌内衣而招摇过市。这个镜头，我好几次在淮海路上瞧见，心里真不是滋味。难道这个演员就不知道好好保护自己所塑造的角色吗？

这些年，很无奈地，一个又一个杰出的艺术方面的人才，纷纷离开了我们。怎样对待那些尚健在的老艺人，如何小心翼翼地既保护又延长他们的艺术生命，值得深思。毫无疑问，这些杰出人才，如同国宝，难得！虽年过八十，还是要尽全力让他们继续发挥余热，把他们的一身本事，通过各种方式传授给年轻人。最好办到的是动员他们各自出自传，或出版总结自己艺术经验的书。生活方面，应尽可能给他们特殊的照顾，这是完全办得到的。

杨在葆老师——上海演员的杰出代表，你一路走好，我们这些小师弟们都会以你为学习榜样，努力加油。

那一晚，我们去看焦晃演大戏

　　那一晚，我们这些小师弟们相约去观摩焦晃老师主演的话剧《钦差大臣》。因为印象深刻，所以虽已过去了八九年，夸张一点说，依然觉得事情似乎就发生在昨天。

　　焦晃大师哥演话剧，演主角，本是理所当然，不值大惊小怪，哪怕是个外国戏。但那回演俄罗斯剧作家果戈理的喜剧《钦差大臣》，还是让我们不无感慨。

　　之所以说不无感慨，皆因台上这些主要演员都已不年轻了，多半已年过七十。这个年龄段，演员本人的体力、精力、记忆力、底气都已大幅衰退，尤其是焦晃大师哥，七十几的年龄，让他饰演一个二十来岁的小青年，戏份又那么重，更是不容易，太不容易。这跟我在棚里配音不一样，万一有个闪失，一头栽倒在台上都是完全有可能的。面对这样一个角色，中外上了年纪的演员恐怕都不敢冒险尝试。而焦晃老师却以一份非凡的勇气，从容面对这一挑战。我相信，他是会引以为豪的。这不仅圆了他几十年想圆的梦，而且也是他坚守话剧这块阵地，几近玩命一般的郑重承诺。

谢幕之后，我们这帮小弟弟蜂拥至后台去看望焦晃，想当面向他道贺、喝彩。最初的寒暄之后，竟是听到焦晃说了这样一句话："今天演得不够好，不够好。"是他刻意谦虚吗？我感到并非如此，对于这样一种回应，其中必有原因。果然他接着就补充说："讨厌台侧有这样一位老兄，不知哪里冒出来的，像个木桩杵在那儿，令我很分心。我是最不能容忍这类情况的，当时就想把他轰出去，转着这个念头，情绪就不能不受影响了。"

是啊，真是看人演戏不吃力。那晚的演出，其实焦晃老师的状态还是很不错的，而且越演越精彩。《钦差大臣》是个讽刺喜剧，可喜的是，焦晃和他的合作伙伴们，不去单纯追求喜剧效果和廉价的笑料，而是努力按照角色的行为逻辑在舞台上生活，演员间有机而真实地形成交流，认真地在台上真听、真想、真说。把我们台下的观众带到剧本描绘的那个时代、那个规定情境。他们以自己的一份可贵的真诚，赢得我们这些观众的信任，从而引导我们关注和感受剧中角色的命运和喜怒哀乐，于是，那种会心的笑、捧腹大笑等也就自然而然地产生了。

有意思的是——我记得很真切，这一场演出出过这样一个小插曲，让焦晃舞台应变、即兴表演的本事发挥到了极致。当时正演到假钦差在客厅里胡吹自己与沙皇身边几个重臣的交情，说到兴头上，按照调度，焦晃从长沙发上猛地忘情地站起，不料，一个沙发靠垫的扣子钩住了他的上衣。这当然并非剧本有意安排的小细节，我意识到这可能是个意外了。此时，只见我们的大师兄迅即顺水推舟地嚷嚷："扣子，扣子！"示意边上的角色快解开，从而巧妙地把这本属演出事故的瞬间处理成角色塑造过程中的一部分，真是让人拍案叫绝。

演出总有结束之时，但因此而引发的许多联想却在回家的路上久久在我脑际回旋。看焦晃老师演这样一个角色，真是机会难得。我们亦可看作是焦晃老师在为我们作表演示范：什么是表演艺术、什么是好的演出、应当怎样来塑造角色，这些都值得年轻的话剧从业人员好好观摩、学习和思考。

本文到此似已该结束，然围绕焦晃老师的为人做事，我总觉得应当深入再深入地挖掘，好好说一说、议一议。这件事并非可有可无，而是必须下功夫做一做的，这对事业有好处，对引导年轻人有好处，对同辈的同行朋友亦是一种启示和激励。

无疑，焦晃大师哥是话剧界杰出的人才，是个大实践家、大学问家，是在这个领域作出了重大贡献的表演艺术家。他的社会影响和声望亦是实实在在依靠自己的奋斗自然而然形成的。庆幸的是直到今天，他依然和我们一起在努力奋斗。那八十几的年岁真可以忽略的。我的心目中，他这棵艺术之树永远年轻。是啊，他是经过"文革"的，不必回避。他的遭遇也听说了一些，用一个"惨"字还不足以形容。但是他顽强地挺过来了，而没有像有些人一冲动就走上了不归路。可以说，他坚守话剧阵地的信念，丝毫没有动摇过。他坚信，总有一天会云开日出，那时他又可为祖国为人民在舞台上大展拳脚了。这些业务能力之外的人品表现，我以为更是为大家树立了榜样，特别可敬可佩。正是焦晃老师这种对艺术的虔诚、痴迷和坚守，才有了电影《难忘的战斗》中，他所饰演的区小队长一角——须知这个反面角色不管他演好了还是演砸了，都要承担风险的。后来又有了电视里皇帝一角的尝试——他居然让这位皇上从神坛上走下来，极可信，极精彩。对了，我是搞语言艺术的，自然对这方面的事格外敏感。我们熟悉的多数是焦晃在舞台上塑造角色这一面，但你是否知道，他涉足朗诵艺术的这一笔，也值得一书。

有人对朗诵艺术这朵小花，态度实在不敢恭维，从选材到朗诵准备都十分草率，以为朗诵嘛，太简单了，不必动什么脑子，张口就来，实则大错特错。焦晃老师恰恰相反，对于这门艺术也是有研究有心得的，要求自己目的明确，如同演戏那样，整个朗诵过程动心动脑近乎严苛。因此焦老师很少出现在朗诵场合，没有欲望和冲动，他决不轻易登上舞台，也因此他的朗诵格外有魅力，有吸引力。那么他的朗诵与众不同之处又在哪里？我以为，他独特的特点就在于他是跟你（台下观众）谈心，是一种不像朗诵的朗诵——如同舞台上角色的独白那般，一边在思索，一边在和你谈心，一字一句都可打到你心里去，跟你形成共鸣。而如果未达到这个目的和效果，他会视之为失败。还有他著名的心理停顿，我称它是焦式停顿，在朗诵过程中，这是很厉害的一招，令人回味无穷，完全掉入他的状态中去。也因此，他会一再强调，朗诵者应当是个演员，须好好接触和学习表演，这个道理对今天社会上的广大朗诵爱好者们应当是个极大的启示。

可惜，毕竟岁月无情流逝，无奈的现实是，留给七八十岁的艺人的时间真是不多了。前不久，杨在葆大师哥、任广智的接连去世，一次又一次给我们敲起了警钟。像焦晃大师哥这样的杰出人才，我们千万千万要倍加珍惜，像对待国宝一样，时时处处要切实予以关注、保护和帮助。这里，我不知我们这些小师弟们可为老大哥们具体帮点什么忙，我们期待着。

总而言之，焦晃大师哥你要多多保重！请你相信我们的真诚，真心望你快乐、健康、长寿！

你要叫我师姐

祝希娟这个名字早已家喻户晓。她六十年前毕业于上海戏剧学院表演系，因在影片《红色娘子军》中，对吴琼花一角极富个性魅力及激情的塑造，一炮而红，获奖无数。2005年是中国电影百年，她又荣获有突出贡献电影艺术家称号（全国仅五十名）。关于这些，影迷朋友都津津乐道，我亦是，但所了解的也仅仅是这些。

可我不应和普通观众一样啊，毕竟我也是从上戏表演系毕业，与她是师姐师弟关系，应当对她有更多了解。但也怪我未有机会见她一面。她本人就像影片中的吴琼花那个样子吗？我对她充满好奇。

总算四十年之后，彼时我已退休多年，终见祝希娟老师从画面上走下来，那是在重庆。

四川的朋友策办了一场诗歌朗诵晚会，歌颂古往今来不屈不挠的勇士们的业绩和精神。交付我朗诵的那首诗既要我激昂慷慨，又不失委婉抒情，很合我口味，也在现场引起了共鸣。祝希娟老师好像是作为特邀嘉宾来出席晚会的吧，当晚庆功宴上，她和她老公双双来到我们饭桌前跟我寒暄。我站了起来，也不知说什么好。她老公侯烽民在学校里当了好多年舞美系老师，我是知道的，感觉他为人很老实、敦厚。他冲着我说："你这个朗诵真绝了。"我听了连连致谢，心里是高兴的，尽管我自觉还不像他说的那么好。祝希娟老师就站在他一旁，她是内行，我很想听听她的意见，可惜她未置一词。我也不好意思主动请教，这事儿就这么过了。

那时我是很怪自己的，这么不见世面，关在录音棚里三十年，简直不会跟人打交道了。

之后差不多又过了十年，我们居然有了一次同台演出的机会，这就是在 2021 年深圳举办的"崭新的境界"深圳读书月朗诵会。我朗诵的是颂扬疫情中热血青年的作品，祝希娟老师朗诵的是《共产党宣言》。我在侧台仔细聆听，觉着这个作品交给她再合适不过，她亦念得朴实，是用心在抒发，让这部不很容易念的作品变得很有内容很有魅力。看来朗诵这玩意儿，不能只醉心于声音和技巧。

这回我们是同台演出，且同桌吃了饭。我记得很清楚，在感言式的聊天中，我两次提到"祝希娟老师"，她则两次打断我道："我是你的师姐。"她认真地纠正，弄得我有些不知所措。很想坐到她边上去，然演出在即又不便多说。师姐，师姐，我越来越感到我与她的距离拉近了，也挺感动。

倒是我的太太（她现在去远处活动都作为我"秘书"陪同），很有兴趣地找机会跟她聊了聊。巧了，她和祝希娟的妹妹是初中时的同学，且还经常合上一节体育课。我的节目一结束，我太太就赶到后台，迫不及待地告诉我祝师姐的概况。

她说："本以为第二天上午一起坐火车回上海，但祝师姐他们到了上海还要转车去苏州，因为上海没有房落脚。当初应邀赴深圳电视台创业，上海的房子照规矩立马上交了。做人如此光明磊落，清清白白，仅此一个涉及经济利益的小小细节，就很说明问题。"我连连点头，感觉亦和我太太完全一致。我太太接着又顺着"严格"二字继续她的"汇报"。

"我看祝希娟老师，不管是'文革'前、'文革'中，或后来的市场经济大潮中，都时时刻刻把'我是一个党员'挂在心头。改革开放之初，她便动员老公和自己响应党的号召，一起到深圳去创业，当时愿意从上海'连根拔起'，不是谁都能做到的。深圳电视台又恰处在那样一个特殊之地，甘冒种种风险开辟出一个新天地，谈何容易。不过，这方面的甜酸苦辣她并没有多说。今天深圳电视台一改过去艰难模样而呈现一派欣欣向荣的景象，作为开拓者的她应是功不可没的。我看她到了退休之时，亦是乐呵呵干干净净把身上的担子交给了年轻的后浪。至于利用职权谋取私利之类在她身上不能想象，何况又处在这样一个高位。在深圳，她老早买过一套住房，也是她唯一的一套。她把房子卖掉之后，就住进苏州的养老社区养老去了……"

太太话音未落，我即很冲动地抢着说："应当建议报刊扎扎实实采访她一下，这样的为人特别了不起。我们往往只关注她的业务能力，而对她人品方面的杰出表现实在是太忽略了。恐怕从前她能把吴琼花演得这般出色绝非偶然。应该说，师姐为我们母校、为上海文艺界争了光了。"

深圳一别已有数月，我时不时会想起祝希娟师姐，眼前常浮现她年过八十而总不见老的身影。最近欣闻祝师姐荣获广东省文艺终身成就奖，可喜可贺。期望疫情快快结束，届时社会活动多一点，见面的机会就会大大增多。或者，我和我太太亦可摸清情况之后，直接去苏州，看望祝师姐夫妇俩。到时候，甫一见面，我一定响响亮亮地唤她一声："师姐，你好！很担心前一阵苏州疫情严重，会否波及你们？"我极愿意坐在她先生的画室里（这是一定会有机会的），主动跟她讲讲我这个人，更希望听听她的故事，让我补补课。这样一位业务、人品俱优的学习榜样就在我眼前，我这师弟岂可放过！她的信念如此坚定，任何时候不会动摇，这是最令我敬佩的。

而此刻，首先设法先让师姐看看我这篇拙作。我的感觉告诉我，都是如实写来，唯有不足而无丝毫夸张，你说是不是？

期待着那一日。

挂念阿兰·德龙先生

　　在策划、组织今年春晚的时候，北京卫视的朋友突发奇想：在一个怀旧环节中，力邀法国演员阿兰·德龙先生来京，想来中国观众一定会有一份意外的惊喜，而阿兰·德龙先生亦是欣然允诺。之后，一切都在保密状态下悄悄地进行。到了今年2月初，一切都准备就绪，就等在机场迎接他了，不料法国方面突然来了一个急电，说阿兰·德龙先生身体不适，不宜作长途跋涉。哇，眼看一个难得的碰面机会就此擦肩而过，说不遗憾也难。当然话又说回来，阿兰·德龙先生已年近八十，录制节目毕竟事小，保重身体乃至关重要。

　　我在去年年末已获知将有这样一档节目，也一口答应愿意参演。因为要帮着酝酿如何做好相关节目，于是不免经常会回想起阿兰·德龙先生，以及他银幕上塑造的"佐罗"。是啊，说起来《佐罗》的配音已是三十多年前的事了，可这部作品人们至今仍牵挂着它，原因很多，其中演员的个人魅力确实功不可没。其实，我和一般影迷朋友一样，亦是十分欣赏阿兰·德龙先生。首先是着迷于他一举一动的"帅"，似乎在法国演员中找不出第二个。当然更为他表演上的不一般化而暗暗喝彩。你看他塑造这个角色，并非高高在上，故作英雄之状，似不食人间烟火，相反，却是富有七情六欲，比方他对叛逆的贵族小姐奥顿西娅就有爱情，只是深藏不露而已。那之后于是就起念，最好能见上一面，当面领略"佐罗"的风采。没想到十年之后他居然会来到中国，神采奕奕地出现在我们面前。

那是 1989 年年底，我初次见到阿兰·德龙先生，地点正是在我们上海电影译制厂。说实话，一开始他的亮相还是让我吃了一惊的。车子还未在上译厂门口停稳，阿兰·德龙先生便身手矫健地从车里一跃而出，一扬手，把一大撂有他签名的相片高高地抛向空中，接下来二三百名围观影迷的哄抢场面便可想象。我心想，外国名演员原来是这个样子的，同时亦感到这个男人蛮好玩的。早听说阿兰·德龙先生极具个性，桀骜不驯，但我观察下来，他对我们这些同行倒挺友好。在大放映间，他没有多说什么，只是安安静静、微笑着看《佐罗》《黑郁金香》片断，大概为自己居然流利地说起了中国话而颇感有意思吧。

以为事情就到此为止，却不料阿兰·德龙先生发出邀请，让我去北京出席他五十四岁的生日晚宴。得到阿兰·德龙先生的消息，北京的朋友灵机一动，抓住这个难得的机会，迅即组织了一台欢迎阿兰·德龙先生来中国的联欢晚会。记得当时知名度挺高的演员都踊跃参与。我一向躲在幕后，那回也凑凑热闹，粉墨登场过了一把舞台瘾。自然要我朗诵《佐罗》里的台词，还把帽子、眼罩、披风、佩剑什么的一股脑儿往我身上推。压轴的是阿兰·德龙先生，只见他风风火火、帅帅地冲上台来，当然在他表演节目接受现场采访之前，这位仁兄未忘绽开笑脸，先给了我一个大大的拥抱……

第二次见面是数年之后在电影局安排的一个晚宴上。这种场合，我多半躲得远远的，晚宴组织者则到处找我并硬把我拽到阿兰·德龙边上坐好。印象里，散席之后我倒是鼓足勇气问了他一个问题，听我的配音是否感到太年轻？因我嗓音条件与他完全不同，他属那种粗的、低的、有水分的声音。他答道：倒没这种感觉。接着通过边上的翻译又说：希望你保持自己的嗓音，以后凡由我主演的片子又在中国放映的，都由你来配。

岁月无情流逝，阿兰·德龙先生已年近八十，我这个配"佐罗"的也年过七十，老了，但我相信，"佐罗"永远不会老，"佐罗"永远年轻。唯愿阿兰·德龙先生早日康复，更期待在不久的将来，他能再一次踏上中国的土地。

2015 年 5 月

"真由美"邀"佐罗"唱歌

"真由美"和"佐罗"完全不搭界，难道是"愚人节玩笑"？非也。

退休前后，和外国演员合作演出，又是在大舞台上，一共也就两次，涉及日本影片《追捕》中演女主角"真由美"的中野良子和法国影片《佐罗》的主演阿兰·德龙。我是个在生人面前常常不知所措的人，但这两位给我感觉对艺术同行都挺友好，洋溢着一份真诚的快乐，倒让我尝试着要表现得落落大方一点。看到"真由美"和"佐罗"从银幕上走下来，近距离可观察他们，又可为中外文化交流界尽一点力，还是挺有意思的。

《追捕》中，我在配音团队里只是客串了一小把，跟剧中的"真由美"并不打交道。那年在南京参加庆典活动，中野良子亦是特邀嘉宾。我印象中，她是最踊跃和随意的，情绪也特别由衷。午宴尾声，有人怂恿让"真由美"唱一个。逢这种时候，中野良子都不愿扫大家的兴，大方地站起来准备唱。我在一边扮演一个洗耳恭听的角色。却不料她提议，因她正在用中文学唱《大海啊故乡》，最好有个人帮她壮壮胆。我虽唱歌不太有把握，但也不愿扫大家兴，就差不多是被推搡着站到她身边，亮开了嗓子。

更没想到，2018年到东京参与老艺术家赴日和平之旅大型演出，巧了，又和"真由美"碰上，居然又和她一起对唱《大海啊故乡》。当然，是中野良子点名要和我合作，看来那次南京联欢是给她留下印象了。其实，这个节目是临时安排的，可谓联欢的性质，即使真决定要上，我亦并未太放在心上，上就上吧。我在准备主持词的当口，未料"真由美"抓了个翻译来找我了，非要一起找个地方排练，且练了不止一遍。如此认真倒令我吃惊了。我知道她并非跨界歌手，但对待这样一件小小的工作，并非担心会出洋相，那虔诚的心是出于对观众负责，不愿因自己的漫不经心而让台下观众和台上合作者失望。我心里顿时就有了一份敬意。谢谢"真由美"对我敲起了警钟。我虽属于工作态度勤勉那一类，她却是比我还要认真，值得我铭记在心，好好学习。也许今后的日子里，我还会有缘和中野良子合作，最好配音吧，为她新片子里的男友配音，我现在还有创作冲动的。

1989年，我记忆犹新，阿兰·德龙应邀来中国访问，这是他的第一次。因恰是德龙兄五十四岁生日，于是北京的朋友突发奇想，在北京体育场安排一场大型联欢晚会，通过电视让中国观众一睹他生活中的风采。（不知那次活动是否留下了录像？）那回演出，我朗诵《佐罗》台词片段。他们让我又披斗篷，又戴上大帽子，至于戴上深色墨镜冒充眼罩就更不用说了，蛮搞笑的。按照联排时的次序，我最后一句台词话音未落，便是他上场。只见他大步流星地走上舞台，一阵风似的潇潇洒洒走到我面前，满脸是笑给了我一个大大的热情的拥抱。这一幕，当时轰动了全场，足见我们中国观众对"佐罗"的迷劲儿。德龙兄随后就很松弛地用法语朗诵了一首诗歌。他声音低音丰满，很有水分，听起来很舒服。以他的艺术造诣和条件，就是做一个配音演员也会极为出色。

后来我常常暖暖地回想那一次的演出。前两年曾两次再邀他访华，他也都欣然答允，但因不可抗拒因素，未能实现。所以，当他在有些场合发表那番感言——这一生什么都有，就是没有幸福两字，我们听了不但感到不是滋味，且十分惊愕了。我们盼望德龙兄幸福快乐，也深以为他是实实在在拥有幸福的，不是吗？德龙兄不但在法国，在欧洲，也在中国，在全世界获得影迷朋友的欣赏、仰慕和支持，这难道不是幸福吗？那众多观众至今仍在关注着你牵挂着你。这些年，我们还听说，德龙兄身体欠佳。我们希望他健康长寿。只是想对他有所帮助，又不知如何能帮他一把！是不是中药倒有可能给他有效的治疗呢？热望阿兰·德龙先生幸运且多多保重。

疫情终会过去，到那时，我们漂洋过海来拜望你，你的忠实的狗狗们不会把我们拒之门外吧？

我们会漂洋过海来看你

昨天下午，我从医院吊完针回来，我太太轻轻道："阿兰·德龙走了。"

"什么？！"（我其实听清楚了，也听懂了。）

"阿兰·德龙走了。"

我缓缓地却是木然地颓坐在沙发上……

是啊，说到底，我和大家一样，也就是一名翻译片配音的忠实爱好者，一名普通影迷。那些年，明知他身体日趋衰弱，家里又不顺心事不断，时闻他寻求安乐死恐怕也非杜撰，然还是希望我们心目中的男神——阿兰·德龙先生能长久长久地活下去，甚至冒出能否让他试试中医调理的念头。

我们感谢阿兰·德龙先生通过他的经典作品，给我们乏味的生活带来那么多的快乐和那么多的艺术享受！尤其是那部《佐罗》，至今都具有迷倒众生的魅力，真是百看不厌。不必刻意去想，阿兰·德龙先生用激情、松弛和潇洒塑造的"佐罗"，同样也是我心中的英雄。他为老百姓伸张正义，而不惜冒生命的危险。生活中，我们老百姓不也在崇敬这样可敬可亲的英雄吗？这是最为可贵的。难忘，从前在台上朗诵，观众会力邀我先朗诵"佐罗"的台词片段。我总是不推辞，因为大家喜欢，高兴。我坚信，经典作品是经得起时间考验的，"佐罗"将永远年轻，为民除害将永远得人心。

不止一个同事说我配到"佐罗"是福气，我认为说对了。这还要感谢老厂长把这样一个难得的机会给了我，而当初我还完全想不到会把这个角色安排给我。看了原片的人，都会赞叹老厂长出了个奇招。我也不讳言，随着80年代《佐罗》在全国的公映，阿兰·德龙一夜之间红遍整个中国，而我的名字也随之名扬全国。我当然知道搞幕后配音也会出名，但居然会发生在我的身上，这又是一个没想到。

想想往事，挺暖心的。在"夜光杯"上，我提到过，1989年阿兰·德龙带着微笑在我们上译厂放映厅里观看《佐罗》（当时并无任何评语）；接着又邀我们上译厂有关人员去北京马克西姆餐厅参加他的五十四岁生日宴，每人还收到一份礼品——阿兰·德龙牌香水。隔天晚上，又在体育场举办了一个热热闹闹的中法友好联欢会。我粉墨登场，煞有介事地冒充"佐罗"。我这个"佐罗"在广场伸张正义台词的尾音刚一结束，这位真"佐罗"恰到好处地大步流星跑上舞台，在做他的法语诗朗诵之前，不忘给我一个真诚热情的拥抱……阿兰·德龙这条汉子对我们艺人同行还是很友好的。我之后还提到，他希望我保持住自己的嗓音，就是在第二次来沪，上海影艺界为他举行晚宴上说的。他如同大哥哥对小弟弟的叮嘱，着实对我起到了极大的鞭策作用。

记得前些年，北京卫视顺应中国影迷的心愿，策划组织通过电视让"佐罗"再见面的活动，也是为了体现中法友好的主旋律。邀请电发过去，阿兰·德龙很兴奋，痛快答应。电话打到我家里，我当然也是一口答应。可惜，正当飞机票都给落实好之时，突然因阿兰·德龙心脏严重不适，被迫取消。北京卫视很执着，几年后，又第二次张罗着想把这个特别有意义的活动搞成功。可惜，这一回是因阿兰·德龙家里出了事，抱歉不能前来了。

转眼到了2024年，我的两个孩子突发奇想：为何不能排除万难，我们自己组织起来，漂洋过海去看望他？整个过程还可以记录下来，将来与广大影迷朋友们分享。开了家庭会议，下定了决心，明确了目的，一切都变得简单了。深秋说到就到的，那是我们启程的日子。最近我们一家老老小小都处在亢奋之中……谁会想到，如今，传来了这样一个消息！

斯人已逝，留下的是无尽的思念。

我是永远不会相信，也不愿意相信阿兰·德龙先生已经离开了我们共同生活的这个世界的。我们的家庭会议所作的决定不会改变。到了今年深秋，我们依然要漂洋过海，就为拜见一下我们心中的男神——阿兰·德龙。德龙先生，你静静地在墓园中等候着我们，好吗？

2024 年 8 月 19 日晚

最美的人声，而今去天上了

　　杰出的歌唱家李光羲老师两年前与世长辞，终年九十三岁。

　　在我心目中，他是个堂堂正正、干干净净的文艺工作者，业务特好，人品也好，因此留下的印象特别深刻。此刻，拿起笔来写这篇小文，心情实在是很沉重。那回在一条小游轮上，和一群北京朋友为他庆祝九十岁生日的情景，仿佛就在眼前啊！我们开开心心吃他的生日蛋糕，又开开心心地约定，他一百岁的时候，我们再找地方大大地庆祝一番。去年秋敬老节，在北京一处宾馆我们还同台联欢，我们的心里都是一片阳光。却万万没有想到，再提到他已是永别……

　　最美的人声，而今去天上了。"最美的人声"不是随便说说的。现在的年轻人，当然很难领会我们年轻时的心情。那时，虽无缘见面，多半是在电台里收听他的演唱，然而我们对他的崇拜无以复加。在上戏大学宿舍里，班上同学经常热议北京那些男高音歌唱家，说到音色之美之迷人，意见绝对统一，非李光羲老师莫属。每当上声乐课，脑子里仿佛总有他在调动我们的口腔动作和感觉。至于到了浴室里，更不用说了，简直是忘乎所以，争先恐后学唱他的代表作，有的歌词也不熟，就乱哼哼，居然也陶醉得不得了。当时也不太在乎他是否出身于音乐学院之类。

我不是内行，但我感觉李老师的唱法，介于美声唱法和民族唱法之间，我们受他影响，抱定宗旨不要一味陷入到外国唱法中去，而这样的处置和技法，比较适合我的条件和审美。曾不止一次唱过民歌《在那遥远的地方》。有一回歌剧院的任桂珍老师在台下听后跑到后台，说，你就这样唱。是啊，李老师自然不会知道，在遥远的黄浦江畔，始终有这样一帮自称学生的在追随着他。

我的记忆中，20世纪五六十年代，李老师在音乐界作出的贡献有目共睹。印象最深的是他唱歌剧《货郎与小姐》，他是当仁不让的男主角货郎，台上吆喝"卖布来，卖布哟"，大街小巷也就随之嚷开了卖布声声。音乐舞蹈史诗《东方红》里，他独唱东北流亡青年心中的歌《松花江上》，富有激情又优美动听，触动了上万观众的心。最近十来年，李光羲老师毕竟年事已高，年龄一年年上去，唱高音的状态不免不尽如人意。我本想，他应当渐渐退隐，更多可从事些教育或带学生的工作，却在电视上时常看到他亮相。难道李老师是不想让观众把他忘记吗？后来见到他接受采访时这样强调："活好每一天，争取有点用。"我知道是我误解他了。其实，他目的很单纯，就是想抓紧时间，为老百姓做点事，他最有把握的是做专业方面的事，就为大家演唱，且无论如何绝不假唱。如此而已。什么自己过把瘾、名利之类，都不在他考虑范围内。这样做人，且非一天两天，是不容易的。我敬佩他，且也愿从一个小学生的角度向李老师学习。

李光羲老师，我相信，你一定在天上云端关注着我们的一举一动。你也是个对我们译制事业抱有巨大热情的同志，真要谢谢你。你演唱的歌曲，你美丽的声音，连同你拥抱这世界的热情，都可流芳百世。想到这里，我们深感幸运。你可放心，你高举的"人民艺术家"旗帜，自有我们会继续扛下去。你身上的精神，你为老百姓"争取有点用"的誓言，必将鼓舞和激励我们勇往直前！

向你致敬，我们的李光羲老师！

我的同班同学赵有亮

    这个大学同学，我很想写一写。他就是上戏 1966 届表演系毕业生、我的同班同学赵有亮。1967 年分配到北京青艺工作之后，他不断有佳作问世，他是班里演舞台剧，拍电影、电视最多的一位，且多半还是主角。遗憾的是，之后几十年来，我们居然都未曾再见上一面。上周忽然传来他的消息，这样一个生机勃勃、透明、干净的好人竟然离我们而去，实在让人难以置信。

    1962 年我刚入学，赵有亮就给我留下了很深的印象，因为他的朗诵。我后来获知，他之前曾在剧团里摸爬滚打，小小年纪便打下了一定的演戏基础。他那富有激情又有层次感、画面感的表演，把我们看得一愣一愣的，当时就觉着他是一位出色的成熟演员。有的人天生就为舞台而生，他不知疲倦的"铁皮嗓子"也很出名，也难怪，学院里要是来了外宾，他的朗诵便是保留节目。

    还有一个印象，有点不登大雅之堂。我实话实说，他有口吃毛病，平时生活里这要命的毛病还很严重，且由来已久。我不知道他是怎么纠正这毛病的，反正也绝了，只要一上了台，他就完全正常，一点儿也不口吃，令我们百思不得其解。我后来配角色，如必须带有口吃的毛病，我立马会想起这位老同学，当然想到的仅仅是生活里的赵有亮。

赵有亮的形象条件是班里最棒的，五官端正，鼻梁高挺，很像那《罗马假日》里演记者的男演员，经得起特写。他又一直都是班干部，可谓班里的"精神领袖"之一，不过，他平时的性情温良恭俭让，只严格要求他自己。我们这些班里的普通学生，不免对他这样的红人私下里会有些议论，当然更多的是由衷赞赏。

赵有亮最在乎的是把功课做好，尤其是把表演课学扎实，目的也并非冲着名和利，而是单纯、干净地追求神圣的艺术。事实上，艺术亦是班上所有同学共同的追求。不可否认，他的表现格外突出，潜移默化地为班里同学起到了引导作用。每每想起那四年的学习生活，同学们相互关心，相互提携，是多么美好和温暖。我对他下的结论是：作为演员赵有亮是好演员，作为领导他是公认的大公无私，作为父亲他又是孩子的好父亲。

说到这里，我想提一件往事，亦能佐证赵有亮善良的为人。

"文革"中抄家，我们家也逃不掉，尽管实在是不合规格。那时，我的配音演员的梦，是不可告人的，我连父母都瞒着。我郑重地把心愿写在一张纸上，放在我书桌最隐蔽的角落。居然也被抄出来了，还交到了院方。直到赵有亮来找我，我才如梦初醒。他知道我这张纸的分量，善解人意地代表组织把东西交还给我。他没有多话，点点头转身就走了，以后他也从未在任何场合再提起。对于这件事，我心怀感激，永远忘不了。

赵有亮同学，你走了。你去的那个地方，大概不久我们就会去的，这样一想，我心里才轻松一点。可惜，你读不到这篇小文啊，而你应当知道，我说的一字一句都是真心话。

榜 样

夕阳西下时分的街心绿地，他显然已完成这傍晚例行的"功课"，认真地大步走了个把小时，只要不去外地出差，天天如此。此刻，他放松下来，边抹汗边和一排长椅上坐着的因运动而结识的市民谈笑风生。这种情景应是司空见惯，因我带着小外孙也经常来此玩耍。你看他穿着短裤、球鞋，身着白背心，手上抓着一件衬衫，穿着上甚至比某些老百姓还平常。

他就是上海音乐学院的何占豪老师。他是了不起的大作曲家、大名人，他和陈钢老师合作完成的小提琴协奏曲《梁祝》蜚声全世界。

我在一个朋友聚会上初见何占豪老师，算来也只是近几年的事。他已年过八十，但他朴实诚恳的为人，以及背着挎包、雄赳赳气昂昂如同军人般的精气神很快赢得我的好感，与他在一起，你可推心置腹无话不说。

一直以来我挺好奇，上海有那么多会作曲的人，为什么《梁祝》偏偏出自他的手？现在已经不问而知了。他几十年来倾心于探索民族音乐。尽管我倒是更喜欢西方的交响乐，但我极赞成他的理念和见解。中华民族文化博大精深又独特，民族的东西无疑是我们的根。五千年积淀下的文化成果和经验，形成了我们这块土地极珍贵的宝库。在这方面，何老师又会一反惯常的低调，相反倒很张扬，不遗余力地张扬。如果有人非议，他会毫不含糊、脸红脖子粗地跟他辩论。这位中华传统文化和民族音乐的忠诚卫士真是可爱极了。

20 世纪 50 年代《梁祝》问世之后，何老师不断有新作品问世。那首徐小凤首唱的《相见时难别亦难》，曲子就是他的杰作。当然谈起这些，他会淡然一笑；这些新作不免会被《梁祝》的光芒所掩盖。然不管怎么说，面对巨大的声誉，我真佩服他能如此地淡泊名和利。可惜，淡泊名利在今天的演艺界已经很少有人能做到了。面对市场经济的冲击，有时我们晕头转向，坦白地说，我也不时地加入这个行列，因此常常被困惑和混乱弄得心情沮丧。然而当有的人不愿踏踏实实做一件事情，一味想着不择手段、昧着良心尽快得到财富的时候，何老师却走自己的路，依然稳稳当当、心平气和地说老实话、办老实事、做老实人。显然，住房、轿车、理财、生活质量之类的身外之物统统都无法打动他。

面对这样一个朴朴实实的好人，我还是想寻找一个具有充分说服力的理由，到底是什么把何老师打造成现在这样一块特殊的"材料"？不错，从前何老师是从浙江一个小地方考入上音的，或许因为现在年岁一天天老去，人可能会更趋朴实平和，但也不尽然吧。我是内心深处极崇敬真正的人民公仆焦裕禄、孔繁森的。他们为人民谋幸福，而不惜牺牲个人的一切，乃至生命。有回同车去赴一个活动，我直截了当地提问："别介意我的冒昧，何老师，你是不是党员？"何老师坦然相告："是的，而且是个老党员了，20 世纪 50 年代到现在。"啊，是这样！我明白了，一切的问题都有了一个结结实实的答案了。我确信，党员应当有这样的精神，这样的境界，这样的作为，这样积极向上的生活态度。

那么，我们这些平凡百姓，好好地向他们学习。你带头，我紧跟，向往崇高，报效祖国。

我了解他

　　这篇小文最初成文于十年之前。这么多年过去了，文艺工作者宋怀强依然是这么个人，保持着他的个性。而尤让我欣慰和赞赏的是，他不理会身边的种种无端干扰或诱惑，在艺术事业上仍然不断开拓，不断追求进步。相信朋友们读了他的故事，也会引起一些共鸣。

　　宋怀强，近些年在上海演艺界有不俗的表现。不错，他富有独特个性，富有创造意识，尤其在语言艺术、朗诵艺术这一块的个人造诣，使之在众多"后起之秀"中显得有几分特别。这个上海本地汉子，靠着个人的钻研、奋斗，闯出自己的一片天地。尽管我跟他不在同一个单位，虽同为上戏校友，彼此也至少相差十几届，但我还是敢说，我了解他。

　　如果你对语言艺术颇感兴趣并时有留意的话，就会发现这些年来，宋怀强在这方园地里真可谓硕果累累，影响力和实力都不可小觑。持续热播的电台名牌栏目《刑警803》里面的探长苗飞——一个冷峻而又极机警的公安人员就是宋怀强演播的。把刑警刻画好，使之富有人情味又有独特个性，这是要下功夫的。而宋怀强声音里的冷峻使他塑造的形象有很高的识别度（这在听觉艺术中尤显重要），亦有一份内在的威慑力，令角色可敬又可信。广播剧得到上海听众的热捧，除了本子写得精彩，宋怀强的努力同样功不可没。

名著《水浒传》，他应邀将其录成了CD，因他独特的理解和处理，以及他活灵活现的演绎，而广受欢迎。中央人民广播电台录制讲述"二战"时诺曼底登陆的小说，三十二个章节分别邀请了三十二位演播者，他是上海地区唯一的中选者。他还有许多出色的作品和舞台表现，得过许多奖项。而不管面对多大的表彰，他特别沉得住气，绝不致飘飘然忘乎所以；面对工作中之不如意，甚至失败，他也绝不气馁，跌倒了，自己爬起来就是了。

有时我倒难免为之纳闷：他怎么忙得过来？看来光死用功是不行的，还得有那么一份聪颖和灵感。他的自信，他的超人的记忆力，他的出色的模仿能力，他的语言表达能力，都是我所欣赏的。后生可畏，所有这一切也值得我好好学习。

宋怀强的本职工作是上海戏剧学院电视艺术学院主持艺术系的系主任，其实力由此亦可见一斑。在主持系的教科研中，他也追求着自己的一份特色：超前和应变。例如，他分析主持人瞬间的眼神和表情，研讨其间主持人的思考和即兴发挥，认为这思考加发挥应极合理极可信，还极有境界和品位，由是才极易和观众引起共鸣——宋怀强在教学上的心得和创造力，令人十分感佩。

除了不断实践，勤于学习与善于思考也是他的窍门吧。他的教学与研究理念，也引起了全国同行的关注。

我想当然地以为，这样的宋怀强理应是上戏表演系毕业的，然而我错了。尽管他父亲是上戏表演系的资深教师，曾带出过好几届藏族班，他从小又在这样充满艺术氛围的家庭中熏陶长大，他的妹妹宋忆宁也毕业于上戏表演系。但他一开始情有独钟的并不是表演，而是音乐。追溯一下他的从艺经历，早先在奉贤星火农场时，做过广播台播音员，后来报考了上师大音乐系，学成后，他曾进入乐团工作，之后他还组织过一支三人演唱组合。最后，"叶落归根"，成了上戏的一名音乐教师，而后又逐渐挑起了新生学科——主持系的重担。我想，他的早熟，他的丰富阅历，他的永不知疲倦，以及他丰厚的音乐素养，很大程度上成就了他在语言艺术上的诸多成绩。

我一向敬重圈子里那些纯粹搞艺术的人们。在现在的大环境下，他们依然坚持远离浮躁，远离功利，远离实惠，远离赚钱很多的"网红式"的生活，以追求艺术、从事创造性劳动为最大快乐。宋怀强就是这些人中的一个。我甚至觉得，他恐怕走得更远，对某些不良现状嗤之以鼻，宁可生活在艺术之中。加上他嫉恶如仇、爱憎分明的性格，有什么惊人之举，其实也不足为怪。至于业务上如何再精益求精，为了他好，我和一些朋友亦会坦诚给他提出，老老少少互相提醒，互相提携，理当如此。这里就不展开了。

热望他在艺术道路上不断取得成功。或者也不必在乎成功，享受新的艺术实践、享受艺术的创造，这才是最重要的，不是吗？

加油，小师弟！

"百变马丁"之父

　　"百变马丁"系列动画片，题材新颖独特，内容有趣健康，尤其塑造了一个好儿童的典型，于是，迅速俘获少年儿童乃至大人们的心。至于"百变马丁"之父是谁，大多数人大概都不知道。

　　他叫张天晓。

　　最近，我被邀去作后期配音，与张导有所接触。我因好奇心重，常逮到机会就鼓动他讲他的故事。他属于那种富有艺术才华又从容不迫的上海男人，壮壮实实，敦厚可靠。改革开放后不久，他已升任电视台动漫部门把关的主要负责人，其时才二十二岁。他会动脑子，于是，同事之间甚至隔壁部门，凡碰到手头有为难之事，人就会说："去找小张，他会帮你搞定。"但做得风生水起之时，他突然起念出国去留学，且说走就走，也不管法语完全不会说，就要去巴黎修学油画了。差不多一开始，他便不断地得到一些法国动漫同行们明智的劝告，他们青睐张导丰富的想象力、奇妙的构思能力和与生俱来的动手能力，看好他在这个阵地上所蕴藏的巨大潜力。这些忠告是打动了他的心的，何况孤身一人穷得叮当响，他终于接受了朋友们的好意，回归动漫之路。首先便是《马丁的早晨》(《百变马丁》的前一部)。此片一炮打响之后，接着是武打主题的动漫作品《中华小子》，再接着马不停蹄地又推出了根据比利时经典漫画改编的《丁丁历险记》，这个创作班子成员中，他是唯一的中国人。这些片子无一例外都引起轰动，也在法国动漫领域评奖比赛中屡获大奖。

按说，有了一部成功之作，他已可春风得意悠悠度日了，可他不是这样的人。听他谈这些成绩，都是淡淡然，几乎是轻描淡写一笔带过，津津乐道地详述的，都是他成长过程中碰到过的恩师：如学油画时，拜陈逸飞等大画家为师；学动漫业务时，又虔诚地向美术电影制片厂的刘遗——《大闹天宫》的元老级老师学习……他好几次都说自己非常幸运，总会有贵人相助，让他没齿难忘。比方巴黎一所与艺术有关的名校校长就不止一次为他写信或致电推荐他，中国人在法国，得到这样一份推荐的帮助可想而知。张导曾手绘一份贺年卡，喜得老先生张挂在墙上，惹得来访的客人追问，哪里可买到这样的卡？还有一次在西餐馆打工，一对母子就餐，小孩子大哭不已，见状，张导乐呵呵过去，掏出笔在餐巾纸上三下两下画上一只活灵活现的小鼠，哄得小儿破涕为笑。和母亲聊上，最后她递上一张名片，巧了，她是政府里主管文学艺术的官员。当然，那些动漫圈子里的小老板们也是他的贵人，给予他很多机会，帮他度过最初的艰难岁月，最后他还和一个最投缘的结成了合伙人。

我由衷地为他高兴："苦尽甜来，你现在功成名就，应该是很开心的了。"他淡淡一笑："我的路还长，本子为王，总还想捣鼓出一些有意思的东西来。最近这几年，经营、酝酿，又弄出了一个玩意儿，就是《百变马丁》大电影，希望能得到观众的认可和喜欢，尤其是孩子们。对了，刚才你看了我手机上给我母亲画的肖像，哪天我也给你画一个。"天哪，我现在这张脸还能跃上画纸吗？但我心里顿觉暖暖的！

　　好了，通过以上的简略描述，大概多少能满足一点你的好奇心吧。归根到底，我最赞赏的还是他的人品。这个文艺男一向不事张扬，但在内心深处把祖国二字看得很重，能为祖国捧得荣誉，他为此深感自豪和快乐。同时，他对少年儿童素来就有一份关爱，在这方面，这个壮硕的汉子心却是极细极细，心肠很软很软。

　　还想说个巧事儿。这次我跟张导有个愉快合作，他邀我配《百变马丁》大电影中年庆一角——一个不择手段妄求长生不老的反派。其中有个段落，年庆搬起石头砸了自己的脚，不可逆地变成了一个儿童……这让我来配就很尴尬，想要技术上动大刀。那天中午，正好我读小学的小外孙跟着他妈妈来上译厂录音棚探班。张导灵机一动，干脆就把他抓进棚里录配这个片段。好极了，让我小外孙无意中完成了在配音棚里塑造角色的首秀，你说巧也不巧？

　　愿张导这个大电影明年马到成功！

遇见林青霞

　　"足不出户"那些天，翻阅一些旧书，其中有一本是林青霞写的《窗里窗外》。我跟太太说，十年前湖南卫视在落成不久的电影博物馆做浏览性节目，为了拍得活一些，特邀几个电影演员参与，林青霞亦是其中之一。清纯飘逸的林青霞是我太太最欣赏的一位女星，于是她鼓动我也可以写一写。我一想，倒也对，尽管只是一面之交，回想起来也挺有意思。

　　林青霞这个名字当然如雷贯耳，开个玩笑，照片上的清纯形象和我家的这个"小秘"是一个类型，所以我颇有好感。想象中，她的表演一定是不事夸张、不留表演痕迹的。不过说来可惜，港台片我看得很少，她主演的片子，居然一部也未观摩过。

　　节目中有个环节，就是感受一下浓缩、袖珍型的上译厂，其中最主要的自然是录音间。因为策划几位嘉宾当场配点外国影片片段，对着画面录完之后，需有人随即作出点评，于是就想到了我。我从未做过翻译片执行导演，到了现场才恍然大悟是要担当这样一个"角色"，也只能硬着头皮操作一次了。

那天天气出奇得好，阳光灿烂，万里无云，心里就有了一份愉悦的暖意。在一间录音棚里，对着大电视机，几位嘉宾都各自有片段需要配音。我是"伺候"林青霞的，她配意大利电影《罗马假日》里公主醉酒后在男主人公面前失态的一幕。到底是有经验的演员，对付这点差事不成问题，一遍就过了，台词、口型都基本过关。接下来轮到我点评。我是这样说的："说实在的，几乎是在即兴情况下，看一遍、说一遍原片就配出这等效果，实属不易。不过，如果能在台词表达上更加命令式一点，可能味道会更接近原片。因为角色是真的公主，颐指气使是习惯成自然，哪怕她是处在酒醉的状态。"我在说的时候，注意到林青霞在关注地聆听我的感言，还频频点头称是，丝毫也不介意我这番话中多少有点婉转批评的意思。

好了，我完成了交给我的任务，浑身一轻松，正准备打道回府，却不料有个女声在背后呼叫我："童老师！"声音清澈，甜甜的。我一回头，是林青霞。也许是她见我今儿挺当回事，而非居高临下或随便玩玩而已；也许是因为点评得还是地方，所以对我颇有几分好感吧，她主动招呼摄影师快过来："我要和童老师拍一张。"说着，她就像天真烂漫的大学生，挽起我的右臂，脸上露出了由衷的微笑……

我坦言，在林青霞这样习惯大世面的女士面前，我简直是个怯场的小学生，尽管她的年纪比我小得多得多，不过，我心里还是很受触动，为了她如此随和，没有有些明星那种趾高气扬、目空一切的臭架子；也为了她后来的那份主动。不过一二分钟的一个小小的插曲，林青霞给我留下的好印象却久久挥之不去。

好像以前，林青霞是演过不止一个琼瑶影视剧作品的，比方《在水一方》。我曾为电视剧《在水一方》的男主角配过音，可惜这部不是林青霞的版本①。于是，我就遐想，现在常常在修复老片子，或许会在哪一部片子中，和林青霞来一个"合作"呢。我要抓紧练练嗓子，以防闹一个措手不及。一笑。

---

① 此剧为 1986 年大陆改编的连续剧。

王家卫邀我去试镜

　　三十年的配音生涯，我完全是从事幕后的工作，或者说是在棚里演戏。极难得的，也有人邀我出去拍戏，我一概婉拒。在幕前塑造角色跟幕后不一样，我没有把握，除非给的角色就是我这样的，可本色出演，这当然不可能。前几年，突然接到一个电话，是个副导演，代表导演邀请我试镜，说是演电视连续剧《繁花》中主角的爷叔一角。天哪，这类角色想必得精明，而我最缺的就是这个，下意识就是要推掉。但转念一想，电话里说，总导演、监制是王家卫，空着也空着，去玩一把，又有何不可？奔八十的人了，还有此奇遇，将来亦可在朋友圈里吹吹，博大家一乐也。于是，就应允了。

　　然而坦白说，王家卫的电影我一部也没看过。混迹文艺界近五十载，也无缘和王导哪怕远远见上一面。不过我对他是充满了敬意的。我知道，他极富艺术才华，极具个人特色。有时听圈内朋友绘声绘色地描述他是如何"整"一个个后来的大明星，如梁朝伟、刘嘉玲之类，试戏要试到他们哭、绝望，才能听到王导一声"OK"，便更对他独特的追求艺术的做派增添了一份敬佩。而因他为人低调，神秘莫测，也便对他充满了好奇。我这把年纪，本应心静如水，可惜做不到，还想解开这个"谜"。

一周后，副导演来电，说王导要和我先见一面。会面是在松江一处影视基地，试镜的摄影棚就在办公楼不远处。天哪，这办公楼也太简陋了，简直就是毛坯房，不知这位大导演会有何感受。这样想着，就见一个人单独从隔壁进来了，正是王家卫。我吃了一惊，这穿着极普通、脚套一双旅游鞋的汉子，哪里像传闻中的大导演，分明是个生气勃勃的阳光大男孩嘛！只见他一边叫着童老师，一边热情地向我伸出手来。我本拘束，此时那陌生感便荡然无存。我们坦率地开始了交谈，我不善言说，主要听他说。回忆起来，他的话题都围绕着编写剧本展开，说他是如何一天天从编写大量的剧本，开始展开了他的艺术生涯。他的心得对我有莫大启发，不过当时我还真不太走心，老在嘀咕：王导怎么也不跟我聊聊戏，分析、解读一下我这个角色，或交代一下如何试镜，也不涉及我的配音生涯。那天，我的小外孙也跟着去玩，王导倒诚恳地对着孩子插了一句：小朋友最好学点舞蹈，这对将来干什么都有用。

试镜马不停蹄就定在第二天。我和副导演对了几遍台词后，在登场之际，还不停在揣测：这回王导总应给我说说戏了吧。谁知又是大出意料，除了给我一坐、一站两个调度且说完台词之外，他依然不多说一句话。是否出于让我自由发挥的考虑？我想。我在录音棚里是习惯于有导演在一旁帮我把握分寸的，这回，可想而知，我是如同走过场一般，稀里糊涂就完了，角色都还没在我身上生根呢！连我自己也很不满意。但总算松了一口气。我趁王导转身要布置另一场景时，逮住他把心里话一股脑儿说开了："王导，我很感谢你能邀我来《繁花》试镜，试镜不尽如人意，我自己也知道，主要的是，这个角色要有精明一面，这要我在表演上下功夫，而我不适应也没有把握完成，相信你会理解的……我也不愿意因我的失误而影响戏的进度，我不知道是否说清楚了……"王导静静地听我表述，带一点微笑，但并不发表意见或试图安慰或说服我。

现在一想起这档子事，或跟人聊起王家卫，我心里依然很感慨。他对老艺人体恤和尊重，善解人意。他本来可以也让我一遍又一遍来，最后总可以接近角色，但他没有这样做。他的关注点永远只在作品上。听说，《繁花》已经杀青，近期就要播出了，还做成了普通话和沪语两个版本，充满特定时期的浓浓上海味道，上海人应当格外有兴趣。想想这个小小插曲，不由就微笑了，闪电般开始，闪电般结束，说起来又是托"佐罗"的福，不是吗？可惜，这个戏不用配音，否则我希望配个什么角色，哪怕一遍又一遍打磨，我也会越录越带劲。

那年年末，王导托人赠我一份包装十分讲究的来年年历，封面上是主角胡歌坐着的侧面像，很浪漫，也浸透着王导独特的影像格调。更让我在乎的是王家卫导演亲笔表示谢意的题字和他的签名。我不舍得用掉，而是把它高高挂在墙上，就像张挂了一幅美丽的油画。

胡歌这孩子

胡歌，这些年应是一颗耀眼的演艺界明星演员，但对于我则遥远得很。印象里，报上似曾有过他出车祸的消息，且很严重，仅此而已。人说他演过好多古装戏，可惜我一个也没看过。

这回参与配动画电影《少年岳飞传奇》，虽说配岳飞的师父，一来一去也有那么几句对话，但录音用的是新手段，各归各配，无须在棚里现场交流，所以连胡歌的影子也未见到。倒是执行配音导演狄菲菲之后跟我谈起过胡歌，她满是赞赏的语气，说他不仅业务好，为人也挺好。她和胡歌一起开了个通宵，把岳飞的戏全部突击配完，这个过程足令她得出如上的结论。本以为事情就此结束，不料，制作方还力邀我参加该片的系列宣传活动，这样我才见到了胡歌，而此时的他已在我心里引起了一些淡淡的好奇。

我是参与过《风云决》的推广首映活动后，抱着一种好玩的心态。因此，那天下午踏入新闻发布会的现场，亦是兴趣盎然地东张西望。其时，忽见一个头戴小礼帽的高个小伙子，突破"长枪短炮"的重围,向我快步走来。喔,这应该就是胡歌了吧,好家伙,身高足有一米八五,二十七八岁的年纪吧。伴着一声"童老师",他这就向我伸出了手,脸上挂着真诚的笑。他的脸无疑是英俊的,还特洋气,但我印象最深的还是他的笑,像孩子一样,很有感染力。他对我像是蛮熟悉的,我心里想,正想展开一些交谈,却马上被打断,因为要赶我们上主席台了。

发布会上,主角理所当然地就是配少年岳飞的胡歌了。记者们争先恐后地提问了,胡歌倒也不是敷衍了事,而是经过思考后实实在在地回答,令主办方和记者们皆大欢喜。最后的压轴,就是按事先的安排,让他和我表演一些拜师片段中的台词。表演很顺利,也没看什么稿子,未料,这家伙临时又加了一句台词,说什么"师父,除了学救天下人的功夫,我还想跟你学配音的功夫"。我愣了半秒钟,心想,好歹我也是上戏学表演的,即兴表演难不住我。于是,我也编了一句:"可以。不过你先把救人的功夫学好了再说。"我当时以为,现在的年轻艺人都热衷于耍搞笑,以活跃现场气氛,取悦观众,无非逢场作戏罢了。我后来才知道,胡歌这小师弟还真不是仅仅开开玩笑而已的。

《少年岳飞传奇》的推广宣传活动,一如巡回演出,除了本市几个点,还要远赴杭州,因为那里有岳飞庙,他们担心我这样跟着折腾会吃不消,我则表示,我这把年纪还能折腾倒不失为一件幸事。

那天下午是个重头节目,说好一点三刻前须到岳王庙报到,车到西湖边香格里拉,胡歌以及两位助理下榻的时间是一点三十分，按说胡歌他们应在大厅等候我们，但却让我们在车上足足等了十来分钟，我心里直嘀咕，这样下去会误事的，我们上译厂历来的规矩是不能迟到，更不能误场，因此，对准不准时格外敏感，终于看到胡歌他们从台阶上冲下来，胡歌还连声道歉，不知童老师也在车上，否则早就下来了，他既是一脸悔意我也就不便多说什么，这是一个小插曲，算是一路上唯一令我不快之事。

不难想象，做个明星其实也不容易，有得必有失，只要踏出房间，胡歌随时要面对媒体和粉丝的"狂轰滥炸"，显然和他面对面作一次从容的交谈也是一种奢望。因此，当我们一行在高铁休息室里有个短暂的停留，我挺高兴胡歌给我让座，我则开门见山地提了一个问题："你像是对配音真有很大的兴趣，是吗？"他一边切着粉丝送他的生日蛋糕，一边说："岂止是兴趣，它应是我人生中的第一个梦，也许是耳濡目染，因我老家就住在译制厂附近的太原路，还曾有机会进上译厂观摩电影，在读中学的时候已对配音工作情有独钟，未进上戏之前，兴冲冲尝试过配音，一次童声失败被刷下来了，另一次就一声'啊'就完成了全部角色的塑造。似乎都不太走运，却并未就此放弃配音的念头。这回配岳飞自然是大喜过望，全力以赴，也尝到了不同于配自己的别样的滋味。"说到这儿，他诚意地表示："若有空，真希望老师好好教教我。"胡歌目前住在浦东，新居亦如同旅社，住不了几天又得"远走高飞"。他说，其实他还是十分怀念曾经住了二十来年的老房子，尽管那时他和父母、祖父母五口合住在三十平方米的房内，条件很艰苦。他又坦言，我现在算是有能力可以为父母在地铁沿线买了房子，让他们安度晚年。又一直在劝奶奶和我一起住到浦东去，只是老人家执意不肯，真是无奈。

他由衷地感叹：我们这一代人真是赶上了好时候。说到这里，他沉默了，仿佛在掂量这句话的分量，我亦点点头不再提问，心里却同样在感叹，在娱乐圈如此乱糟糟的当下，这孩子还真能保持住一份纯真的书生气，难得。同时，脑子里又一次划过那句话：苦难正是滋养艺术之花怒放的丰润土壤。

那天在上火车之前，我刚来得及表述完我对这孩子语重心长的祝愿，我说："小师弟，有这么多粉丝簇拥你，自然是值得欣慰，但也要当心，特别是做人要做好，否则粉丝们会很失望。这些粉丝们很可爱，其实也很可怜，不要让他们失望啊。"我不知道，我这样的叮咛是否太"主旋律"，但胡歌连连称是，连连致谢。我觉得他是把这些话听进去了。宣传活动延伸到嘉定，算是告一段落，我问陪同人员，胡歌是否有空来？他们回说，他前两天已飞到北方拍新戏去了。他们还告诉我："小家伙挺牵记你的，常常向我们打听，童老师呢？童老师也来吗？"他们还提及，当胡歌觉察到许多粉丝赶着场一场场地买票，就为了能多看一眼心中的偶像，他感动得不行，当场表示：何须粉丝们掏钱，我来包一场，让所有粉丝们都进来。好小子，他知道感恩！我又一次在心里为他喝彩了。在结束此文之时，我想告诉我的上戏小师弟胡歌，我很高兴能跟你有个合作。虽短短几天，又行程匆匆，但我们用心工作，朋友般地相处，我的心情因此而大好。事实上，在你身上所拥有的长处和优点，也给我们这些人以很大的感染，我们相互学习，事情本来就应该这样，不是吗？相信你不会忘记岳飞的话："我要救天下的人。"

　　望小师弟好好把握自己，保持住身心健康，期待你新塑造的角色，OK！

2011 年 10 月 8 日

可惜了，这些远去的小字辈

翻译片厂难道还有小字辈配音演员？有，当然有。主要活跃于20世纪八九十年代。他们有何故事，且听我慢慢道来。

翻译片，首先也还是导演的艺术。导演对配音的指导，以及其质量过关的工作台本是第一位的。接下来，就是演员班子了。导演的所有意图都要靠演员体现，观众的直观感受也都来自于演员。我们厂负责把关的掌舵人陈叙一先生，对如何搭建配戏的演员班子、如何调教演员，心中早有谋略。最显而易见的例子，大概就是让我这个上戏毕业的大学生连跑了五年龙套。对于演员的接班问题，他自然也是成竹在胸。且看20世纪80年代初，差不多配完《佐罗》那会儿，他就做了一个大动作，招收了一批男女青年进厂做配音演员，还指派李梓等老演员前去外地，物色符合上译厂要求的演员。如此兴师动众，从我进译制厂后还不曾有过，以后似乎也没再有过。

这些小字辈配音演员，经过实践的磨炼，加上自身悟性都挺高，一个个都很快成熟起来，在剧中担当重要甚至主要的角色都不在话下，后浪推前浪，差不多形成了上译厂新一代的演员班子。眼看一个个都顶上来了，好不令人欣慰，可惜好景不长，老厂长1992年去世，加之当时的客观现实情况，这一蓬蓬勃勃的局面很快便消失了。上译厂人才大量流失，我深感痛心和茫然，眼睁睁看着这些小同事走出了我们的视线，想拉都拉不住。

写到这里，他们生龙活虎的形象立马鲜明地浮现在我眼前。我想念他们。这些好不容易觅到的接班人，他们都是谁呢？

沈晓谦、任伟

这两位都是当年中戏表演系的应届毕业生。最初能有这个志向和兴趣，愿躲在幕后从事翻译片配音工作，实属难得。

先说任伟。

他的声音条件和我属同一类型，听来挺洋气。西安人，普通话没问题。本以为可以有个"新王子"了，他的表现却令大家大跌眼镜。他似乎是觉得自己选错了目标，或很快感到此地非他久留之地，对他最有吸引力的还是在幕前拍电影、拍电视或到舞台上去折腾。而市场大潮带来的诱惑，兴许也是一个动摇他原先想法的原因。在厂里常常不见他的踪影，估计又是哪个剧组勾去了他的魂。我永远死脑筋，总试图规劝他。有一回，他因心情不痛快，竟决意打辞职报告了。我告诫他：不可动这个念头，你不想一想，不久的将来，这个厂不就是你们这些年轻人的了吗？但似勉强不得。我退休前最后一个片子是在美国影片《婚礼歌手》中配主角歌手。这部影片本没我什么事儿，安排的是他，但他和厂里在闹别扭呢，于是也只好让我代劳了。再之后，任伟就真的一走了之，追求他向往的生活去了。这位"新王子"尚未"登基"，就从我们这里消失了，此后我再也没有见到过他。

沈晓谦是哈尔滨人，普通话很棒，又无东北腔。他的声音偏低沉、沧桑，又有水分，正好接邱岳峰老师的班，可惜他进厂时邱大师已驾鹤西去。那些老奸巨猾的反派角色，尤其那种坏到骨子里的，一般人很难对付，他却可轻松拿捏。最令人欣赏的是他绝不夸张，或追求表面的脸谱化的塑造，刻画角色把他当个人，喜怒哀乐很深沉、真切，很含蓄，因而可信。在那部苏联卫国战争影片《兵临城下》中，他配那个苏联优秀狙击手的对立面——法西斯匪徒，一个老兵油子。沈晓谦把那一份想证明自己、求胜心切的心理状态刻画得很真切，也没有忽略人物内心深处对死在前线的儿子的柔情，这些细节都抓得相当到位。实际上，这个角色越厉害，他越老到，就更显现出作为对手的苏军英勇狙击手的更胜一筹。于是，在这部影片里，不管正面或反面角色，其配音都给观众留下了深刻印象。

沈晓谦记忆力之强，也很得现场导演的欢心。有一回，他在电视台配个大角色，需对付一大场戏，满满几大张纸的台词。搭戏的同伴好奇地围着他看，眼见着他，几乎没怎么看桌上铺着的台词，一大场戏一气呵成，真是又快捷又到位，精彩至极。原本为他捏一把汗的演员，最后都不禁鼓掌为他喝彩，这个棚里的插曲，也不胫而走，一时成为佳话。而他本人则永远淡定，毫无洋洋得意之态。

这个小伙子又有很强的管理能力，对事业亦有很多抱负。鉴于此，组织上着意培养他，一边让他配戏，一边让他担任副厂长一职。似乎一切岁月静好，但命运又在捉弄大家，沈晓谦父亲的一摊子事要他帮忙处理，使他的心思不免有些游移，再加上厂领导的工作也事事不顺，最后无奈走了，令人扼腕叹息。人才难得，非常难得，我们今天哪里还能再物色到像沈晓谦这样的可以接邱岳峰班的人才？

我听说的关于沈晓谦的最后的讯息，是他似乎在加拿大，以开长途汽车谋生，竟也乐此不疲。他说每天沿途一路好风景，足以令人陶醉。可我还是深觉遗憾。

盖文源

盖文源大概可算这一批小青年中嗓子条件最好的一个，宽厚、有金属声。也是哈尔滨人吧，进上译厂之前在部队话剧团当演员，演过诸如陈毅元帅这样的主要角色。凭着这副好嗓子，配《少林寺》时，剧中"我"的师父一角，当然非他莫属。这个角色他配得很"贴"，烘托得"我"这个小和尚很成功。我配觉远和尚的时候，有点战战兢兢，唯恐出来"佐罗"的味儿，而他在棚里的状态却很放松，很沉着。后来又来了一部美国影片《斯巴达克斯》，老厂长大笔一挥，钦定小盖配第一主角斯巴达克斯——奴隶起义领袖。这个角色胸有城府、大将风度，没有一点气度恐拿不下来，而他配得很有色彩。这些都是在他进厂没多久就发生的。真是一块配音好料子啊！可惜的是，外面市场经济的风，把他吹歪了。这个平时会整箱整箱灌啤酒的小同事，犯了一点过失。更可惜的是，当他决意接受检讨、惩处，满怀悔恨地恳请厂里让他留厂察看一年，以观后效，厂方不允，于是他无奈终被开除出厂。那时，我在厂里总处在一种两耳不闻窗外事的状态，周围发生的一切，总是最后一个知道，然后大吃一惊："真有这样的事！"对盖文源亦是如此。后来追悔莫及又有何用，至今提到此事，我还会责怪自己。再说盖文源，从此之后便似无家可归，自暴自弃，终日借酒浇愁，没多久便患了大病。有一回去看望他，已在一间简陋的老人院里，人还是个大胖个头，但讲话、写字都很困难。又过了几年，他便黯然走完了自己的人生之路，年纪才六十都不到啊，可怜这一把好嗓子！

施 融

从东北的一个文工团招来的施融，本是上海人。他的普通话说得那般地道，让人挑不出什么毛病，可见其聪颖，肯下功夫。

他的声音亮亮堂堂，很阳光，很有朝气。他是愿意踏踏实实投入一份幕后配音工作的（他曾在电影《小足球队》中饰演过角色），我们也都对他抱有很大希望。那部《茜茜公主》中的男主角弗朗茨国王就是他的代表作。听说这个角色本应是我的活儿，后来执行导演杨成纯跟我打招呼，说想开拓我的戏路子，便转而让我配那个侍卫长博克尔上校—— 一个喜剧色彩极浓的角色。结果成全了施融，也成全了我（后来好些喜剧色彩浓的角色都落到我的头上），这都是事先未曾想到的。后来北京方面来了一部中外合拍电影《马可·波罗》，经试戏，导演倾向使用施融，他亦配得很用心，把人物耿直无畏的个性都配出来了，很有色彩。可以说，其羽翼亦是很快丰满，完全可以独当一面。可叹，也许是他家里人坚持，要他去美国留学，说是机会难得，且什么都给他准备好了。他没法子，只好服从他们的安排。有朝一日他或可在那里搞他擅长的文化方面的事，也会有新的成就，但是配音这个他最爱的事业呢？

杨　晓

　　从上海滑稽剧团吸收演员进上译厂从事配音工作，杨晓是唯一的一个。这小鬼来自戏剧世家，也确实是个机灵鬼，很聪明，在棚里如在玩一样。苏联片《合法婚姻》中他担任男主角，该剧充分发挥了他灵巧的个性优势，与影片中角色表面吊儿郎当、玩世不恭，实质内藏一份温情、善良可谓不谋而合，听来真是味道好极了。审定此片时，大家认为对白无一处需补戏，也彰显了他的实力。

他的良好的判断力，其实也适宜于做个译制导演。

大概我们这个"庙"，拴不住他渴望多方面探索人生的欲念，翅膀本来就不软，不知什么时候，他便远走高飞了。一开始去了香港，那里的同行也很服他，好像干什么都难不倒他。他如鱼得水，很快适应了那里的工作速度、强度和习惯。几年之后，他又神秘地回到上海，听说很钟情于陪人家打网球。又一回，不知把他从哪儿找过来，让他担当动画片《铜驴子》的执行导演，我也被借回，配那头"铜驴子"。可惜也就那么一回，再之后，他又消息全无。真不知他什么时候才能找到一个最让他喜欢、可以安心久远地从事的活儿呢！这个小鬼！

狄菲菲

狄菲菲，一个非常厉害的河南妹子。此外还有两位河南女娃，《少林寺》女主角丁岚与电影演员赵静。河南有深厚的文化、人才底蕴，曾出过包青天、焦裕禄及英年早逝的杰出画家李伯安等，怪不得那里人才辈出。

我曾在退休之际，为狄菲菲小师妹写过一篇散文《有个女孩叫菲菲》，发表在晚报上。她的音色很甜，很特别，语言也好，绝无照本宣科之嫌。她曾在河南郑州的艺校里学过导演，这番经历无疑为她进军上译厂打下了好基础。考入上译厂之后，一年不到就开始挑大梁，主配英国片《看得见风景的房间》，如果没有狄菲菲，这个角色原本非常适合刘广宁。我在上译厂配的最后两部影片《婚礼歌手》及《心心恋曲》，搭戏的女主角都是狄菲菲。后来广播剧《谋杀正在直播》被推上舞台，其中三个片段的男主角是我，女主角亦都是她。我们配合得很默契，尽管我比她年长得多，但好在我永远也配不了老头，与她合作便也不觉唐突，尽管在剧中谈恋爱便是。

她有女强人特色，肯下功夫，肯吃苦。见过她努力"自修"《城南旧事》小说片段，一遍又一遍录（奇怪从未看到她嗓子哑过，而我是"老哑手"了），她还邀我旁听，直到自己满意为止，真有一股废寝忘食的劲头。过几天偶见这小丫头，又窝在录音间里录这小说片段了，大概又有新的想法要试验。她好像有何想法最终都能如愿以偿。她的朗诵也很棒，为了提高自身素质、修养，她还抽空去上戏上主持人课，且以骄人成绩取得圆满结果。当然，她也第一时间把取得学位的好消息报之于我，还给了我一个大大的拥抱，吓了我一跳。

她站在台上从不怯场，且生活自然，不事夸张，能达到这样的境界，谈何容易。有时，和她搭档上台，她还会提醒我，别忘乎所以，只顾自己发挥了。我了解她的能量，她还拥有管理和筹划能力。当厂领导班子大调整的时候，我难得地鼓起勇气，主动找上门去，希望他们认真考虑，挑选沈晓谦和狄菲菲来担当。可惜我的一厢情愿落了空。

总之，对于狄菲菲这样难得的配音人才，我是很看好的，但后来发生的变化，又让我有点不认得这个小师妹了，亦是万万想不到。那已经是我退休好几年之后的事，她居然决意提早离开上译厂；她要创业——办语言艺术方面的公司，她热衷于搞"声优"……据说还硕果累累。不过我们到底越来越疏远了，彼此亲近的合作几成绝迹。

是啊，这六位小师弟小师妹——沈晓谦、任伟、盖文源、施融、杨晓、狄菲菲，他们加在一起，那就是一整套配音演员创作班子啊。事到如今，这一页只能无奈地翻过去了，我却总还心有不甘，常常会有幻想：哪一天，哪怕他们中的一部分会再次汇聚在上译厂，帮助撑起上译厂这个品牌，撑起这面得来不易的大旗。也许哪一天，永嘉路383号老厂址也会"还给"我们上译人了，我们就都可"回家"了，或许那里也会如愿成为全国配音语言爱好者的开放式大沙龙俱乐部，大家也会来家里"重操旧业"，不辜负恩师陈老头儿和所有前辈演员的在天之灵！希望或许就在前面，前面。

发现佳宁

佳宁何许人也？

她是电台里的一名女主持。

我一向热衷于听上海的音乐下午茶，近几个月，又偶然地接触到了一档音乐节目，听报是中央人民广播电台交通广播《岁月如歌》音乐节目，长三角频率。这栏目每周六、周日下午足足播五个小时，主持只有一个女生，她叫佳宁。

我首先被她的声音条件所吸引。她的音色有一种无与伦比的美丽，加上又有一份中音的厚度，南方人讲究一个"糯"，她就有此韵味。外地广播电台我不清楚，至少在本地，像她这样与众不同的音色找不到第二个，可惜。前辈女演员中我最欣赏和着迷的是李梓老师的音色，我发现佳宁的声音是可与李老师相媲美的。我注意到她们两位还都善于笑，笑得沁人心脾，极富感染力。李梓老师擅长拿下狂野角色的塑造，她配的《巴黎圣母院》和《叶塞尼娅》中的吉卜赛女郎，包括《音乐之声》中的修女玛丽亚都在配音艺术长廊上留下了浓重的一笔；而佳宁则在主持人岗位上以勤奋和聪颖给听众留下了深刻的印象。

衡量一个主持人工作是否出类拔萃，恐怕最要紧的还是让她的"作品"说话，那么就不妨去听一听她主持《岁月如歌》这档音乐节目吧，你必可领略它的种种妙处，这里先说一说我的感受。

佳宁应该并非学音乐专业出身，但我感觉，她却是一个内行。你看她音乐方面的知识面如此之广，尽情地带领着我们在音乐的海洋中遨游。我尤有兴趣听她推荐和解读一些新老歌手，她的见解非常中肯、透彻，抓住歌手的特色来发挥，听来不但感人，而且很受启发。她在节目中传达出的正能量对听众产生了良好的影响。有一回说到20世纪80年代开始走红的女歌手田震，真让我获益匪浅。我知道田震铜锤般的特色嗓子，欣赏她唱歌的特殊味道，至于她这个人便一无所知了，而这一点正是我渴望了解的。是佳宁深情的解说，让我获悉，原来田震是歌坛一位德艺双馨的人才。这个北京大妹子对歌坛丑恶现象，能拍案而起；她看淡名利，唯在乎追求纯粹的艺术；她对爱她如亲生母亲一样的姑姑，那贴心的孝敬令人感叹。我同时在受着两种感动，一是深感田震真值得歌坛的朋友们好好学习、看齐；二是主持人佳宁本身流露的那份饱满情绪。我不能不对这位来自江西又经传媒大学熏陶的"女汉子"增添更多的敬意。

我是从事棚里幕后配音的，深知佳宁的辛苦。想一想吧，一周两次需独立做一下午工作，一年就要主持96次，且已远不止一年，这是多大的工作量。我们在接受佳宁和她的同事们带给我们的生活快乐和艺术享受的时候，不能不由衷地谢谢他们一天又一天的努力。

我正在筹划搞某种与众不同的广播小说，合适的话，就邀请佳宁小师妹一起来合作，希望不要吃闭门羹哦！如果可以，我们电话联系一下？我已经为佳宁安排了角色，不知能否圆梦。

10 月我应会去北京，期待届时相见。

他叫杨小勇

不知道大家还有无印象，足有好几年，交响音乐、美声演唱之类忽然就不吃香了。原因也简单，是铺天盖地的流行、通俗音乐歌曲形成的巨大冲击波，把人们都吸引过去了。在这个领域最低迷倒运之时，却有这样一个从艺者，尽管一直不被人看好，依然处变不惊，依然醉心于对声乐艺术的研究和探索，这份不屈不挠、忠诚坚守，令人感动，也促使我写下此文。

这条来自四川的汉子，这位驰骋在歌剧舞台上的英勇斗士，名叫杨小勇。

这些年，杨小勇无疑是歌剧和演唱会上活跃的一分子，不仅在上海，足迹还遍及全国各地。电台的朋友早已在音乐栏目中频频播放他的演唱。那么他的唱到底如何？我这个人现在偶尔也胡乱哼两句，不过就是份业余爱好，说的也都是些外行话，望勿见笑。我个人觉得，他演唱过程中的流畅、活，这恐怕是大家首先能感受到的。他在台上状态很放松，很有激情和演唱欲望，这亦是他的一个特点。而我最欣赏的是他对音乐的理念，音色、声音条件等只是手段和工具，是要为表述内容服务的，且不能忽略演唱的专业性，要始终有章法有规范。在这个前提下，他又强调创造性，所以他的演唱就活了。事实上，作为一个歌剧演员，难度是极大的，因为要和表演、塑造音乐挂上钩。

小勇老师我是完全理解他的，因也都是过来人，他对艺术的一份痴迷，必是他不变的内心状态。这里举个例子，像是他传奇经历的一个小插曲，却是很能说明问题的。某日，他惯常在上音院校园内闲逛，看似无所事事，实则是有明确目的，就是找机会向同行老师求教、学习、解惑。那天上午，正好有一个美国音乐市场出来的策办人，想在上音院里寻觅一个男中音。走进教室，碰到的正好是教过小勇的老教师。听完访客的来意，老教师一抬头，正好瞥见杨小勇在近处与人交谈，就招呼他进了教室，让他随便唱个什么歌。才唱了两句，老外就掏出了合同书，急切地问他：愿不愿意去美国参加一场歌剧演出？就这样，第二天杨小勇就漂洋过海去排练演出了……杨小勇是把这人生插曲当作笑话来说给朋友们听的，让大家开开心罢了，但也说明，机会只给有准备的人。更难得的是，他认真演完了，就照规矩打道回府，事情就过去了，并不怎么放在心上。换了个别人会怎么样？难说。他则是立足在脚下的土地，依然心无旁骛、心平气和地继续他钟爱的研究和实践。

我和杨小勇老师不那么熟，曾有台大拼盘的综艺演出，有两三次合作演出，可惜他唱他的，我说我的，不在同一个节目中。我印象中，他为人总是乐呵呵的，可亲，随和。他对演唱内容的认真负责，又令我觉得可敬。曾有一首歌，主办方要求他唱，他坚决回了。直到多少年之后，他有了深刻的人生体验，知道如何去表达，于是终于唱了，这首歌叫《那就是我》。现在他越来越走红，越来越成熟，但我相信，他自觉不过是一个歌剧演员罢了，永远乐于与普通乐迷打成一片，把他们看作是自己所拥有的最宝贵的财富。写到这里，突发奇想：如有机会，为何不能真的在一个节目中合作一把? 他唱，我说。两个痴迷于艺术的男人形成一个节目，挺别致地让音迷影迷老朋友们高兴高兴，有何不好!

○○
辑
二

我就是一个普通的配音演员

记得哪一本小说上这样说："我已经老了。"我则要再加四个字——眼睛一眨，我已经老了。年近八十的我这样一个老头，不免常常会陷入怀旧。不过，怀旧也是一件快事，虽然一定会伴随着许多遗憾和无奈。

这时候，恰逢《档案春秋》的朋友提议采访我一下，聊聊我的配音生涯和其他什么的。我倒挺愿意的，可要搁在从前，我会有很大负担。然又像有人说过的："你不要采访我，你写不好我的。"我颇有同感。那么我自己动个笔如何呢？把从前的事说出来与读者朋友们分享，让大家有个评头论足的快感。我的文字大概未必精彩，但都是"如实招来"，或有什么出格的谈吐，亦请多多包涵。那么，下面就是我的自述了。

近八十年的人生，真正刻骨铭心的日子要从高中开始，因为迷上了配音。

那部苏联电影《白夜》，是最让人记忆深刻的一部外国片，主角是由邱岳峰大师配的，女主角的配音者是李梓老师。毕克为房客配音，还有张同凝和潘我源分别为奶奶和女仆配音。男主角是个梦想者，却是个倒霉的男子，幻想中都成功，而现实生活中却梦想破灭。我也是个梦想者，但我却是幸运的，从高中到大学就梦想当一名配音演员，结果机缘巧合，于1973年1月从上海戏剧学院毕业分配进了上海电影译制厂，连面试都免了。这场梦做了十二年，如果到了第十二年还是竹篮打水一场空呢？那时我会怎么样，我不知道，大概还是不会放弃！

至今解释不清楚，我为何对配音如此痴迷。在我心目中世上最有魅力的演员便是配音演员了，这个不怕人笑话的，直到我进上译厂之前，邱大师、毕大师等人长什么样子我都一无所知，也许这正是幕后工作的一种特殊魅力。看到电影说明书上出现邱岳峰、毕克、尚华、于鼎等配音演员的名字，我都会热血沸腾，心跳加快。许多人也很喜欢看外国电影，却是很少会迷上配音，而我却深陷其中，不能自拔。也许因为我是回族，从前的从前是从诞生了《天方夜谭》故事的地方过来的？反正比常人多几分异国情调，这倒是真的。再加上个性又偏内向，跟别人不多话，净在内心深处跟自个儿说事儿了。感情丰富、想象力活跃，声音条件经录音更好听，于是在棚里演戏对于我无疑是最合适不过了。其实，我倒不急于圆梦。做着配音梦，享受前辈的精彩配音，却是最快活的日子。我不知道这世上还有什么比这个更快活！有一种人要飞起来的感觉。这快活是属于我的，而对任何其他人我的梦想却都是一个秘密，因为个性如此。说实在的，后来真当上了配音演员，虽也陶醉、亢奋，但和之前相比较，味却都不那么浓了，不知是为什么。

我跟人坦言，我是跑龙套出身，这倒是个事实，跑了五年龙套。好像这件事上不了台面，但我却是完全不在乎的。为什么一定要配主角？能和前辈演员们工作生活在一起，我已得到了最大的满足，这大概是因我的经历决定的吧。总感觉命运待我不薄。你看毕竟我是个幸运的人，1973年那会儿，如果那时上译厂并无计划要培养、发展一些"新鲜血液"，我肯定至今仍在大门外徘徊。这世上有多少人圆不了自己的梦啊！我有自知之明，为了克服"文革"中养成的不良习惯，把身心放松下来，调子降下来，从而真诚、专注地融入角色，对于我用了这么多时间来适应话筒前的生活并不算冤枉。我习惯于用功，用功跑好龙套。我的用功也帮了我很大的忙，也可说那一份痴迷的好处，显然没有准备，机会来了也会错过，而把龙套配得有色彩也是一种成就感啊！苦尽甜来，我亦顺其自然吧。

1978年我终于配上了入厂以来的第一个主要角色——《未来世界》里的记者查克。从此之后可说是好运连连。厂里给了我一个又一个配主要角色的机会，像《佐罗》《黑郁金香》，几乎所有须一个人同时在戏里配两个角色的机会都安排给了我；《水晶鞋与玫瑰花》《天鹅湖》等电影中几乎所有王子的角色也都给了我。之后，荣誉也一个一个降临到我身上。特别是2005年电影百年，获得"优秀电影艺术家"称号（全国五十名）。又如汉密尔顿幕后英雄特别贡献大奖也颁给了我（不知是不是因为配了《大圣归来》中的妖怪大王，令年轻观众因见到"这样"一个妖怪而眼前一亮）。于是，好像功成名就了，感觉三十年刻苦、不轻松的配音生涯都没有白过。而对影迷朋友们的欣赏和认可，我也庆幸自己并未忘乎所以，变得浮躁、飘飘然起来。我依然是一个普普通通的配音演员而已，配音路上也有不顺心，也有磨难，"干脆提早退休吧"，这决不会成为我的念想。碰到龙套角色，我也依然不会掉以轻心，而是战战兢兢全力以赴，以求配出应有的特色。

有朋友或会问：一千部中外影视作品配下来，其中主要角色三百余部，你有何心得？这样的提问很合适，我其实很怵你提什么诀窍之类。配音有诀窍吗？说心得和感受当然是有的，总的说起来也很简单，就是不要光有台词，还要真诚地动心动情，这和站在舞台上面对观众演戏是一样的。动心又须有一个前提，那就是松弛的状态。松弛往往容易忽略，而你一紧张，必然导致脑子里空空如也，酝酿好的种种画面出不来，激情也无法焕发。而为了塑造好角色，大方向的掌握更为重要，大前提就是理解。理解自己的角色，理解剧本提供的一切。我们吃亏往往就吃亏在理解上。如果不准确，不深入，那么你何从表达呢？

《佐罗》是我第一个配音代表作，我看到、听到并喜欢上"佐罗"的帅和潇洒，理解到"佐罗"的帅，我才会在台词上借鉴孙道临老师说台词的特点，才会在心里坐着一个北京人（感觉是有个北京人在说话才出得来的那种潇洒味道）。《茜茜公主》中的博克尔上校，我认定他的一言一行都有个"真"在指引，才会避免假门假事、言不由衷，一味只抱有逗你笑的念头。实际上，你一假，配得再卖力，观众也笑不起来。还有日本片《蒲田进行曲》中的超级影星银四郎，这个近乎反派的被宠坏了的大孩子，居然为了向上爬、讨好老板，不惜残忍地把已经为他怀孕的女友一脚踢开。但你若不理解他也有苦衷和无奈，也有他的孤独，那么你配出来的角色一定会表面化、脸谱化，喜怒哀乐你都不走心，观众还能接受他吗？很遗憾，我配的角色能站得住，有光彩的，还只是很少数。大多数还是流于一般，所谓平庸之作，尽管我是努力的、下功夫的。

三十年配音生涯就这样一天天过来了，有两个贵人，我不能不提，碰到贵人无疑是我最大的幸运。

首先是老厂长——我们译制厂的创始人、艺术总监、总导演。他叫陈叙一，我望你们记住他。没有他从本子到配音各个环节质量上的严格有效把关，就不会有上译厂曾经的辉煌，就不会有上译厂的一切。这样评价是丝毫也不夸张的。他是一个奇迹。这个上海男人，那么懂戏，那么精通英语，文笔又那么好。看看他亲自动手翻的《王子复仇记》《简·爱》《音乐之声》吧，那本子是最高明的教科书，他也为此奋斗了一辈子，并视之为生活中的最大快乐。他的个人魅力还表现在以身作则，严于律己，小小一个不迟到就把上译厂铸成了一个军营。我们演员的名字说实在的会随着影片的公映而飞遍全国，而他永远躲在幕后的幕后。什么叫德艺双馨，他就是影坛上活生生的榜样。回想起来，老头儿（我们习惯于背后这样称呼他）无疑是我心目中的恩师。是他拍板接纳了我，圆了我的配音梦；是他拍板让我进厂后跑了五年龙套（是实事求是呵护和培养我）；是他拍板给了我一个又一个配主要角色的机会，尤其是那部《佐罗》，观众中反响之大完全出乎我的意料；又是他拍板不断改变拓宽我的戏路子，成就了我配反派、喜剧色彩角色的代表作。他的好，他超人的智慧、理解力、判断力，我们做配音演员的都感同身受，当然也深感望尘莫及，只有虔诚崇拜的份儿。现在上译厂要打出振兴翻译片事业的旗号，我们这些过来人当然颇感欣慰，相信前辈们的在天之灵亦在热切关注着。但又为年轻人捏一把汗，东山再起真是谈何容易啊！我不知道我这把老骨头还能为上译厂这个品牌多少做点什么呢。

还有一个贵人，就是我的太太——可敬的了不起的老三届、老高中，亦是一个上海女人。我不便公开多说她，她会恼火，令我哭笑不得。但我忍不住，总想说那么几句。我交上这个女朋友，是经亲友介绍的，好像不那么浪漫，但也是一种缘分。我终日在自己这个特殊的小世界里自得其乐，而她崇尚艺术，是个超级戏迷、影迷。我们自然走到了一起。她自己想考医学院的梦想完全破灭，就陪着我一起做梦。1972年那会儿，实际上我毕业分配去向还不明，和一小批人在上戏待分配。她就走到了我身边，家里再反对她也不管。想想万一我圆不了配音梦，远远地分到四川、云南去了呢？这种可能性倒是很现实的。她当然也是只能默默地跟着我远走高飞。到了上译厂后，她生了两个孩子，我都不好意思请假，她也不怪我。

这辈子，说心里话，我亏待了我的父母（我的工作为重就源于他们的身教），亏待了我这位夫人，也亏待了两个孩子。但我没有亏待我的工作。这么说也没什么大惊小怪的，那时候，把工作做好，大家都是这样的，也都能做到，如果为此感到有何了不起，倒是不正常了。就这样，2004 年我就退休了。

人都说，辛苦了几十年，退休了，可以彻底放下来享享清福。说实在的清福也要享，天伦之乐，一个小外孙，一个小孙子，带给我的快乐是无与伦比的。老母亲快到一百岁了，我托她的福，努力和她一起加油。但是不再做点什么了吗？不再发挥一点余热吗？我担心只沉溺于吃喝玩乐，耽于安逸，难免会空虚、无聊，内心不充实。中华民族伟大复兴，对美好生活的向往和追求都和自己无关了吗？我不断在思索，在叩问自己。结论当然很快就敲定了。

我这样想也决定这样做：配音比较被动，有机会再说，但只要身体状况允许，我也可以主动做一些事，如抛头露面地上台去朗诵，或是在幕后继续从事语言艺术、录制有声读物之类的事。我现在更热衷于孤军奋战似的策划举办一些音乐朗诵会。5 月份就策办过一场沙龙式的小型朗诵会，接触到的人都感觉还不错，大大增强和活跃了我的信心。而这些行动都基于我的思索、思考，有时一冲动就写成小文章，与影迷朋友们分享和交流。我以为所有这一切都是快乐的事，是有益于身心健康的事，甚至有益于长寿不是吗？

在结束此文的时候，我还想提一个人，他就是我在上戏的大师哥杨在葆。他生前语重心长扶着我肩膀说的话，时时会在我耳边响起。他这样说：老百姓对我们艺人这么好，我们不要怠慢了他们。做艺人工作会有名，也会有利，这个不必回避。问题是这个名和利是谁给我们的？是老百姓啊，所以我们的一言一行千万千万不要让老百姓失望啊！在我的心里，常常坐着杨在葆、何占豪、田华老师这样的人，这样才好，很好。我成不了他们那么优秀，但我至少要做到恭恭敬敬，老老实实向他们学习。

好了，我个人大致的样子，心态、经历，也就这样了，不能说平淡无奇，真也没有什么了不起的。我想我就是一个尽职的，对得住自己良心的普普通通的配音演员。我现在身体状况还不错，大家真诚地对我说，我听了由衷高兴。但我不知足。希望所有的朋友们，我们的衣食父母，都能像我一样快乐和幸福。期待大家的读后感，也希望听到批评和指点，以及建议，我会改，我会努力，这和年龄无关，请大家相信我。

配音笔记

　　早就想从日记、笔记中，找出一些东西来，与怀有上译厂配音情结的读者朋友分享。现在所以欣然落笔，一来心情还不错，因为不愁吃不愁穿，上有年近九十五尚不知感冒是何滋味的老母亲，下有可爱透顶、与众不同的第三代，幸福指数挺高的。尤因为他们都说我近两年患了忧郁症，我当然不以为然，依旧稀里糊涂地过，到后来，居然自我修复，也神了。二来，今年是我们上译厂六十周年大庆。我是听前辈演员配音长大的。现在上译厂辉煌早已不再，又落入低谷，似茫茫然难以自拔，自然百感交集，很想说点什么。但愿我此番的实话实说，对今天会有些许益处，或可告慰我们可尊敬的前辈演员的在天之灵。

　　外国电影的配音演员，以及所有幕后工作者都有这样一种魅力，工作性质决定的独特的魅力，即那种神秘感，让你对他或她有一份想象，一份好奇心。就因为只闻其声，不见其人，他们是应该不跟观众见面的。这和在台上、在银屏上又见其人又闻其声的演戏不一样。否则，让观众好奇心满足了，那种特殊魅力便荡然无存。我的体会再深切不过。在跨入上译厂之前的漫长岁月，前辈配音演员如邱岳峰、毕克、尚华、于鼎，我都从未见过一面，连照片也未见过。邱岳峰老师在我脑子里就是《警察与小偷》中的小偷，《白夜》里的梦想者，《科伦上尉》里的冒牌上尉，想象中就这个样子，我其实不需要见到他们，甚至还怕见到他们，我担心我会失望。等分到上译厂工作，天天和前辈演员朝夕相处，果然，原先那种奇妙的神秘和想象慢慢就消失了，看说明书上一个个他们的名字，脸红心跳的感觉也不复存在，尽管我依然对他们充满敬意。"倒霉"的还是糊里糊涂的观众朋友。因为演员的轻率亮相，把他们心目中所拥有的那份美好的幻觉打破了，实在是很可惜。除此之外，我亦认为配音必须在棚里完成，因为这样才能有最好的创作状态，我甚至不赞成让观众随便进录音棚参观我们的工作，就为了保持那份神秘。无奈，市场经济一来，想要坚持这样做则是越来越困难了。

让我躲在幕后，这是我最愿说的一句话。有朋友不解道："见过你年轻时拍的照，又知你上戏学过四年话剧表演，为何选择幕后？说句笑话，幕前幕后的收入简直是天壤之别啊！"这恐怕要怪自己为人太内向，小时候特怕难为情，见了生人就脸红。我是因"一张白纸"考进了上戏，所学的表演、台词将来都是有用的。但四年下来，自我感觉总是不好，放松不下来，在台上注意力不能高度集中，总是有杂念缠身，就怕出错、出洋相，这就享受不到台上与对手交流的快感。然我想象力丰富，不乏激情和塑造角色的欲望和冲动，躲在幕后便是一条最适宜我走的从艺之路。在棚里演戏，果然情况不一样，没有观众，错了可一而再、再而三地重来，自然使我放松了不少。而彻底放松下来还是有个过程，特别还要消除"文革"带给我的诸多毛病，这就是为什么配音生涯的最初五年，基本上是在跑龙套，必须要通过配群众戏积累话筒前生活的经验。如果我当教表演的老师，我便一定在第一堂课里，教学员松下来，松下来，再松下来。这是一个重中之重的前提。当然，我主要是痴迷配音，哪怕会演戏亦是如此，所以我不惜花十几年时间来圆这个梦，这份迷劲至少是前无古人的，我敢说。

干我们这个行当，除了需具备做演员的素质，声音条件当然至关重要，夸张地说，有了嗓子就有了一切。有时候，什么都准备好了，嗓子却不帮忙，于是一切玩完。面对嗓子失去弹性、心有余而力不足的窘境，这时候的心情简直可以用痛苦来形容。但配音任务必须得完成啊，无奈勉强录吧，那种效果也就可想而知。所谓声音状态好，也就是声带闭合要好，声带上无分泌物，干净。由此，低音部分就容易下得来，有水分，有磁性。奇妙得很，嗓子使用能达到上下通达、运用自如的境界，会带出你的自信，带出你的满腔激情。我个人的情况是，上高音没问题，要走低就吃力。往往一觉醒来，上午闭合状态特别好，这个时候，配低调的"佐罗"或《黑郁金香》中的哥哥，就可得心应手。中午，也许因为慢性咽炎这种职业病吧，我的嗓子容易充血，甚至水肿，必须争取一个小时养养嗓子，能眯着一刻钟便有奇效，至少也要打个十个八个哈欠。如果下午一开始就有戏，常常中午饭就不吃了，否则会影响嗓子的恢复。可惜在这方面没有什么特效药，睡眠好也不是每个人都能有此福气。至于喷点什么庆大霉素之类，也只是一时救急。

说起来我的声音条件并不完美。一听便知，声音比较干、单一音域不宽，这些缺点很明显。然我音色的华丽、高贵，又很突出。这些优缺点结合在一起，加上那些年声带闭合良好，就形成了我的特色。有人不赞成配音演员特色太鲜明。我却以为，要有特色。让观众记得住，即便听听你的声音也觉得是一种享受，有何不好？当然，声音辨识度高要特别当心配戏雷同，这是毫无疑问的。这方面，我有个学习榜样，就是邱岳峰老师。你总是会从他开口说第一句台词就认出他的声音，但很快便"掉"入他塑造的角色，这就行了。

四十余年配音生涯，配了几百个主要角色，其中我挺喜欢的影片、挺喜欢的角色，大致是：《佐罗》《黑郁金香》《铁面人》《水晶鞋与玫瑰花》《天鹅湖》《绝唱》《孤星血泪》《悲惨世界》《蒲田进行曲》《茜茜公主》《三十九级台阶》《伦敦上空的鹰》《梅菲斯特》《插曲》《没有陪嫁的姑娘》《意大利人在俄罗斯的奇遇》《机组乘务员》《加里森敢死队》《少林寺》等。《佐罗》《黑郁金香》里这些正面角色，我视作我的配音代表作，而《蒲田进行曲》里的银四郎、《茜茜公主》里的博克尔上校，在我的戏路上都各有很大突破。

今天回想起来，这些成绩的取得有很多因素，这里仅举两点：一、那些年从从容容有时间保证。我们都非神仙，张嘴就来，接到角色毕竟要尽可能花时间理解、消化、酝酿，台词要背、口型要排。若准备不充分，进了棚达不到要求，一遍一遍重来，自己亦会觉着很恐怖。二、不太看重金钱的回报，很单纯、很自由，亦可说很轻松地投入创作，一门心思、干干净净就是要把工作做好，我以为这才叫搞艺术。如果患得患失，财迷心窍，被物质化所俘虏和左右，或刻意求名。这样的心态怎么可能搞得出精品、经典？生活里没有激情，恐怕配戏也很难有激情。当然，细想想，今天的嗓子已大不如前，咽炎日趋严重，我甚至自己也惊讶，那些年那些作品是怎么配出来的。

我是过来之人，我深知上译厂在20世纪七八十年代辉煌之前，五六十年代便以其独特的艺术魅力吸引着我们这些年轻人。那时候我上中学，生活非常快乐亦非常充实，有美妙的配音可享用，生活中还需要什么别的吗？不错，我做起了浪漫的配音梦，实在也很盲目，自以为是，但总觉得有一个美丽的希望在前头，我也热血沸腾地非常快活。说实话，在我心目中，上译厂是和那些前辈演员邱岳峰、毕克、尚华、于鼎、胡庆汉、杨文元、张同凝、李梓等联系在一起的，离开了天籁之音，上译厂还叫上译厂吗？还叫翻译片吗？可惜，前辈们创造的奇迹不可复制。上译厂无疑还要生存，翻译片事业还要存在，也唯有建立起一支新的队伍，给我们带来让我们认可和喜爱的新的味道，少不了要不断地吸收不断地淘汰，这个过程也许很长，也许要八到十年。那么，前辈演员的声音到底有何迷人之处？我以为除了切合角色的激情和味道之外，首先是他们普通话说得漂亮、到位，这已经很不容易。当然，像邱岳峰、李梓、张同凝、于鼎等老师本身都是北京或天津人，在字音方面毫无负担，是他们的天然优势，我很羡慕他们。我自己是南方人，上海人，也算得上用功学习了，可有些字音就颇不到位，微妙之处与这些老师总有相当的差距，这绝非自谦。还有，他们在棚里状态都相当松弛，身心的松弛，也可使他们的声带有一份松弛，于是哪怕不带感情听他们说词儿也相当享受。他们的音域又都比较宽，尤其低音部分沉得下来，有水分，而低调对于表达角色深厚、复杂情感的效用是不言而喻的。由于职业病的关系吧，尤其像邱岳峰、于鼎、尚华、胡庆汉，都患有不同程度的鼻炎，说话带着鼻音，又非完全堵住。奇妙得很，你听习惯了，反觉得美，你会觉得鼻音通过化腐朽为神奇，也成了上译厂演员的整体上的一大特色了。

提到我们上译厂，提到我们配音，必情不自禁会提到一个人，他就是老厂长陈叙一先生，我们上译厂的创始人、掌门人，亦是总把关人，总导演。我能有今天，当然离不开老厂长的栽培，对于我他有知遇之恩，尽管我也太过分，居然从未有一次去他家拜年，而只是尽最大努力把工作做好，视作对他的最好报答。有不止一个同事说，我这一路走来，很有福气。他们主要是指，我配到了"佐罗"，其实何止"佐罗"，我真是深感幸运，除了在十余年期盼之后，圆了一个梦，我又得到那么多配主要角色的机会，而在配戏过程中，又始终得到高人指点，为我拨正航向，所以我会说，没有老厂长就不会有我的今天。

我从上戏直接分进上译厂，就这样进来了，未有任何考试或试用，实际上被淘汰的风险是随时存在的。我想，老厂长对我的优缺点是了如指掌的，几句话一说，他便大致有数。他耐住性子，考察和等待了我五年，他让我跑五年龙套，然我是用功地在跑，这一点他看在眼里，他是欣赏的，尽管也从不表扬。幸好这五年，我也沉得住气，并不在乎一定要配什么主角。大概痴迷就有这个好处，让我进上译厂干这份心仪的工作，又是日夜和偶像们在一起，我已心满意足，哪怕永远不安排主要角色。同时，我亦有自知之明，我把配群戏，看成是老厂长对我的爱护。我的情况最好是慢慢地适应，否则反会因一个角色的失败而导致崩溃。也许是到火候了，1978 年老厂长不失时机地把美国影片《未来世界》的男主角查克安排给了我，不仅拍板让我配，还亲自坐镇，做现场执行导演。在这种关键时刻，他是要手把手教一教的。我不会忘记，此后他就不断把适于我配的主要角色安排给我，那几乎是所有的王子，所有的一个演员需在一部影片里同时配两个角色的片子。为开拓我的戏路，又适时给了我《蒲田进行曲》中玩世不恭的银四郎和《茜茜公主》中富喜剧色彩的博克尔上校。

在棚里塑造好一个角色，理解最重要，有什么样理解就有什么样表达，唯先有正确的理解，然后才谈得上情绪饱满、恰如其分地去表达，这和生活里做人做事应当是一回事。老厂长把关，自然是从你配好的台词开始，推断到你的理解，然后，毫不留情地要你补戏，直到符合他的要求。老厂长要求严格又精准，而我们则往往因理解的欠缺而得不到满分。以《佐罗》为例，其实已凸显老厂长的高明，他从符合中国观众欣赏习惯而挑选我来挑这个担子，须知阿兰·德龙的声音条件和我完全是两回事。1979年配的《佐罗》，那时"文革"结束不久，很多创作方法还很难摆脱"文革"的种种桎梏。老厂长一向倡导艺术要自由，对于解放思想自然积极响应。什么高大全、不食人间烟火之类必定不入他的法眼。他明确指出：佐罗应该不只可敬，也要可亲，他不是个神。"花园相会"片断，佐罗一句："不要忘了，我来这儿就是为了要伸张正义，让你再得到应有的欢乐。"从忠于原片的角度，他说："你的情绪调子不对，佐罗应当对奥顿西娅有爱情。"显然我一味慷慨激昂的表述错了，此处要补录。在鉴定全片时他又指出："佐罗应当再潇洒一些，松弛一些，才能显出他的神威和本领。"此话一出，我满头大汗，那意味着大面积的台词要补。当然最后也只能挑几个实在过不去的段落补了一下。说心里话，我对老厂长五体投地地佩服，因为老厂长总是能敏锐准确地挑出你的毛病，他又投入又清醒地判断，他对作品的出色的理解功力都是远远走在我的前头的。"佐罗"相对还简单，碰到一些内心复杂、难以把握的角色，说真的，很大程度上，我们只有依赖于他的见解了。而正是在老厂长永远高人一着的严格把关下，我们才能一天一天成熟起来。

我常常想，上译厂所以会有曾经的辉煌，我们所以能有今天，一是有老厂长的领导和把关，一是有广大影迷朋友发自内心的支持和鼓励。事实如此。我是个凡人，当意识到我的配音、我的嗓音能得到广大观众朋友的赞赏，说实话，我是很快乐的，亦觉得我付出的辛苦和牺牲都是值得的。粉丝们对我的好，我深情地记录在日记里，这是如同面对我的配音代表作一样，同样令我觉得无比的温暖和感动。我上个月还偶遇一个朴朴实实的农民工。那是下着小雨的双休日。他从江苏乡下来上海松江一个建筑工地打工，现已五十出头。他说，他是听我们的配音长大的，上译厂老老小小配音演员的声音和名字他都可如数家珍。此次是偶然从电视上见到我的住址，兴冲冲地找来了。来上海十年就有个想见一见我的心愿，就是想见一见。临别前，他郑重掏出几百元钱，说来不及买礼品，就用这个表表心意。我说，我心领了，可你这钱我不能收，如你以后真有点钱了，买点水果送我，我不反对。记得还有一位女士，也是迷上译厂配音迷得很厉害的。当从前许多粉丝现已慢慢看淡了的时候，她依然不改初心。每年 1 月我生日那一天，必会寄一封电报给我，上面写着：童老师，生日快乐。后来兴起了快递，这一天就改作让快递给我送生日礼物：玫瑰花和鲜奶蛋糕。还有一位"童丝"就是我太太了。1973 年前，我还在学院里瞎混，前途未卜，是她默默地陪着我做梦。我圆了梦，当上了配音演员，她一声不吭在自己每天要上班的情况下，包揽了一切家务，还要照料两个孩子，就为了我可全心全意把工作做好。等到我有了一些知名度，她还是从容、低调，从不以此炫耀。而我却是极想让她可以在人前炫耀作为我给她的力所能及的报答啊！

年轻的时候，我们是看《钢铁是怎样炼成的》《牛虻》这样的书长大的，不能不在心灵深处留下深刻的烙印。我永远崇敬伟人毛泽东，因为他为人民谋幸福。我崇敬伟大的人民公仆焦裕禄、孔繁森。在理想的信仰面前，我依然会感动，会热血沸腾，且深信，我们曾追求过的东西、相信的东西永不会过时。我曾说过，我们的生命是和上译厂联系在一起的。我相信，只要大家下定决心，好好总结经验教训，群策群力，振兴有望。只是一定要认清，上译厂毕竟应以配音为第一位，下最大功夫经营的应是配音，这个位置一定要摆好。

　　人怎样活着才能获得快乐和幸福？我和大家一样时不时会思索这个问题。现在我明白，道理很简单，为他人谋幸福，自己才能幸福，舍此恐无第二条路。但真正要做到，怕还有相当的路要走。好，就让这个问题的深入求索来为本文收尾吧。

　　　　　　　　2017年4月于上译厂六十周年生日之际

从录《牛虻》想开去

    像我这样年纪的，恐怕有相当多的朋友都有两个情结：一是翻译片配音的情结，二是俄罗斯情结。那时有两本小说《钢铁是怎样炼成的》和《牛虻》，在年轻学生中，几乎是无人不晓、无人不读，我们所受的一部分教育，应是从这两本书中得来的。《牛虻》本是英国作家的杰作，因为最初的版本是从俄语本翻译成中文的，有些人就会产生一种它是苏联小说的错觉，那么主角当然也就是苏联英雄啰，这倒挺有意思的。

    上个月，上译厂忽来电话，邀我在厂里录音棚录制"广播小说"《牛虻》，又说让我配书中主角"亚瑟"。我很开心，当即接受了这个任务。其实，我早在退休前，就有心愿录制《牛虻》，不是一个人又录旁白又录对白，而是做成广播小说的样子。我又一直心仪让孙道临老师来配蒙泰尼里神父一角，总觉得在上海非他莫属。书中有关神父的描述令我印象十分深刻："蒙泰尼里的声音很低，却圆润、响亮，音调像银子般纯净，因而使他的谈话具有一种特殊的魅力。这是一个天生演说家的富于抑扬顿挫的声音。"可惜，当时太晚了。如今真要录《牛虻》了，这样一种角色安排却永远只是一个梦了。

上译厂现在主动策划、组织开辟语言艺术新阵地，录制广播小说样式的外国小说，如《牛虻》《战争与和平》《基督山恩仇记》（这些小说从前都还配过有关的电影），以此为社会多作一点贡献，也积累一些配音的人气，这实在是大好事。这些外国小说，使用的基本上是翻译片厂的演员，毕竟会多一点洋气、贵气，还有自然会流露的必要的腔调，这样一种安排亦是高明的。我知道，上译厂的影迷朋友们，依然在牵挂着上译厂，依然在给予我们温暖的期待，那么对类似以上这样的举措会否也举双手赞成和热切关注呢？

目前，我的所有对白都已录完，将来可在媒体上网上接受大家的评论。我自感是应当更好一些的，毕竟现在录东西与十数年前相比是吃力多了。比方嗓子状态，那些语速快、台词量大的段落对付起来也不易；还好，碰到激情戏反倒不那么吃力，只是边上须备上一些纸巾就是了。再说还有许多不习惯。如基本上都是一个人唱"独角戏"，没有现场演员间的相互交流和刺激；又如不设导演，无人在边上客观地指点和提醒（而我是喜欢有导演帮着把关的，像从前在棚里配音）。也许碍于种种的原因吧，造成了现在的"新业态"，恐怕今后为了新的合作，亦要有所适应了。

由这回《牛虻》的录制，倒也勾起了我一些思考、一些新的想法。目前都围绕外国小说进行，那么是否亦可开始把眼光也放到中国经典作品上呢？比方把曹禺先生的经典之作《雷雨》，录成广播剧，在电台和网上与观众见面。我们早就倡议，恢复成立方言话剧团，现在就可以积累一些人才和经验。《雷雨》可用两种版本：普通话版本和上海话版本。我虽已年迈，听起来还马马虎虎，我可报名试一试《雷雨》中的小少爷一角。尤其是方言版的，我很有创作欲望。让"佐罗"开口说上海话，蛮好玩的。又比方，录制《三国演义》。在上海范围内，通过海选，挑出最合适人选来扮演各个角色。当然，这里的诸葛亮一角恐怕很难寻觅，要慎之又慎，需组织高端学者及有经验的艺人一起来把关审定。

想到最近有一回，我曾询问梁波罗大师兄：依你现在的身体状况，是否有可能安安定定在棚里录制广播小说呢？他回道：这倒是可以的。（哇，我心里内定要推荐他用方言录《雷雨》中大少爷一角呢。）

像梁兄这样的年纪都可参与棚里的录音，那么社会上那么多退休的学过表演的朋友，应当更可以"上蹿下跳"了——开个玩笑。确实，能继续从事一份心爱的艺术工作该是多么地幸福。我以为这是客观存在的一个问题（这里仅指我们话剧、影视领域），如何在身体状况允许、自己又愿意的前提下，尽可能抓住和创造机会发挥这些朋友的潜能呢？这亦是期望上海文化界来真心诚意地做好调查研究的。只要操作得当，亦不必有会影响青年朋友成长的顾虑。

如今，我们上译厂开始开展这方面的活动了，我深感欣慰，又深感，这件事也可以抓紧做，不要像录《牛虻》那样，本或可由孙道临老师来扮演角色，等到这件事落实做了，孙老师却已驾鹤西去。

归根结底，发挥老艺人们的作用，是社会的需要，是人民的需要。

我与动画片

今天是儿童节，来聊聊我配过的一些动画片。

三十年配音生涯及随后近二十年退休生活中，凡接触到动画片配音的活儿，我便分外兴奋，大概因为我童心远未泯灭，或是因为对栽培祖国的花朵自觉应负有一份责任。

我也曾有过童年，快乐难忘的童年。在我快要长大的时候，国产动画片《大闹天宫》横空出世，把我们都镇住了。哇，世上还有这么好看的动画电影，还有这么值得崇拜的英雄！也因此对上海美术电影制片厂留下了深刻印象。当然我这个配音迷更关注到孙悟空的配音者，那就是上译厂借去配音的大师邱岳峰。之后几年的美影厂木偶片《半夜鸡叫》，也是邱老师的杰作。他的才能并不局限于翻译片的业务上。《大闹天宫》的孙悟空形象，配音上要有猴的味道，邱老师把它配活了，我知道他也是下了功夫，动足脑筋的。而美影厂选定了他，也是一个绝！

后来我长大了，也踏上了社会，圆了当一名幕后配音演员的梦，就有了更深的感悟。这时候我的视线更是聚集到了美影厂的动画艺术工作者身上。我要坦言，这些为我们带来莫大快乐和艺术享受的人，多数我都一直不知其名，也没怎么见过，他们"幕后英雄"的程度更甚于我们。这些动画大师们，我总觉得他们特别低调，如同老黄牛一般，心甘情愿终年在一方天地里，默默地耕耘。他们都有一颗善良的心，为了孩子们的笑脸而服务。

受他们崇高境界的感召，当有机会与美影厂的朋友合作，哪怕只是在他们作品中配一个小小龙套，我都会全力以赴，龙套也要当主角配。比起配翻译片，动画片配音有更多自由度，我会在配音过程中加入更多的创造性。在那个奇思妙想的动画片《天书奇谭》中，我接到的虽然只是一个小配角——口吃的小太监，但也下了功夫，光为了掌握不显刻意的口吃特点，那阵子挨命练口吃，结果我太太发现，怎么我日常生活中也明显带点口吃了！可惜，到了 80 年代后，像《黑猫警长》等许多精彩的动画作品，做后期也改革了，不再像从前，多半美影厂的作品都是交给我们上译厂配的。

下面来说说同样是国产优秀动画片的《大圣归来》和《百变马丁》吧。

《大圣归来》是特意挑我们上译厂的棚来录音的，动画片的编导也是现场的执行导演。角色名单一公布，我大为惊讶，妖怪大王这样一个形象，这样一个坏蛋，找我配，合适吗？我当然绝对服从安排，但心里还是犯嘀咕，我的声音条件势必让这个大反派过于年轻、华丽且潇洒。没想到，公映后观众的反响证明编导的审美是对的，是符合现时的欣赏潮流的。反派角色也可漂亮、潇洒啊，若脸谱化、表面化地刻画，反而会遭观众吐槽。我虽也是用心去配，但说老实话，到底对观众现今的审美还不是那么容易接受适应的。看来，面对不断在变化的大环境，好好学习，总结经验，从而跟上时代，对于我们这些人仍是重要的任务。

而即将公映的动画大电影《百变马丁》是年前录的，也是在上译厂。他们不避我已八十高龄，诚意邀我来合作，为《百变马丁》里马丁的主要对立面年庆一角配音。这又是一个反派。感谢前辈苏秀老师不经意的一句"配反派也要理直气壮"，让我不至于走许多弯路。他们让我考虑几天，我却是痛痛快快一口答应。我不仅感动于这个戏的编导和制作人的热情邀约，而且通过我了解和接触下来，"马丁"之父张导多少年来，那颗心始终放在孩子们身上。他又以一位骄傲的中国文化人自居，醉心于中国的儿童故事，如《百变马丁》《中华小子》等，下意识地在西方推广、弘扬中华优秀文化。我当然是要尽力用功配此角色。可惜，结尾部分要求角色声音明显要老，无奈我八十岁了，却配不了八十岁的角色，碰到这种情况便很吃力。最后一句台词，要出幼儿的音色，又不能太做作，我直呼要命。幸好那时我的小外孙出于好奇来厂里探班，导演灵机一动，不由分说干脆把他"抓"进棚里顶替我录，于是大功告成。

至于参与主配的外国动画片如日本的《天鹅湖》《狐狸的故事》及法国的《国王与小鸟》等，创作中的酸甜苦辣、心得体会都很难忘，有机会再和小读者们一起来分享吧。

说起来也挺有意思，因配了动画片中的反派，分别得到了奖励：一是五年前汉密尔顿幕后英雄大奖；二是国际电影节组委会不久前来电，邀我这个糟老头子也走走红地毯。我何德何能受如此恩惠——心中不由得浮起这句话。归根到底，我把所有这一切都看作是始终在关注、支持、牵挂我们上译厂的忠实影迷们所赐，这是毫无疑问的，也更激励我抓紧时间，涌泉相报。

爱上西门庆

"要是你有一天会配动画中的西门庆，那么，我们会因为你的配音而爱上西门庆。"那一天，一位影迷在给我的来电中很认真地如是说。开始，我还不经意地笑了笑。后来一想，不对啊，这到底算是成功还是失败呢？答案是显而易见的。

说实在的，若真有机会配西门庆，我也仅是尝试而已，并没有十分的把握，因为他是个典型的反面角色，且坏到骨子里，对于我无疑具有很大的难度和挑战性。

在我们所接触的各类角色中，最难对付的一类角色我以为还是反面角色，有时候真令你觉着无从下手，因此恐怕也特别值得深入探讨。当然，你要不下功夫去深入角色，而是走表面化、脸谱化的捷径，那也会很容易，但那样的话，何以能把角色塑造得入木三分、极为传神呢？而令我叹服不已的是我们上译厂那几位前辈演员，配这类角色对他们同样是拿手好戏，恕我直言，有时候简直比他们所塑造的某些正面人物还要精彩。这里首推邱岳峰老师，像他在《巴黎圣母院》中所配的阴险邪恶的神父，《悲惨世界》中所配的贪婪油滑的无赖店主。另一位演员尚华，曾在《警察局长的自白》中配过凶狠、冷酷的黑帮头目，都刻画得入木三分、活灵活现。还有一位杨文元老师，瘦长的个子，却有一个罕见的大贝司，音色也很特殊，是老厂长百里挑一觅来的宝。他在影片《科伦上尉》中，把一个高大壮硕的法西斯军官配活了，那骄横傲慢、暴跳如雷的声音形象令人可恨又可笑。那么，奥秘何在？我以为，首先，他们年轻时听说和见过这一类人，甚至还有所接触，这一点生活积累很重要，也是他们所拥有的得天独厚的优势。当然更重要的是，他们有一份非凡的理解，他们懂得要从编导的立场去体验和理解角色，深入地进入角色的内心世界，因为，从他们所说的台词背后，能听到发自他们内心的"理直气壮""喜怒哀乐"。再加上具体操作上，他们还掌握一种特有的手法，即挖掘自己灵魂中的弱点、阴影，将之放大，整合到角色的塑造中去，以求真实地还原。确实，在他们台词中所时时流露的杀气或者瘆人的气息，常令我不寒而栗，比较一下他们生活中的为人，简直是判若两人的。

这里我还想特别强调的是，哪怕是再擅长、再拿手的角色，他们也决不掉以轻心，同样也是下功夫的。我有幸在上译厂生活、工作了三十年，对这些前辈演员像蚂蚁一样，甘心躲在幕后默默奉献的工作和生活状态有着深切的感受。我因此有一个最大的感悟，就是我们这些前辈演员是在纯粹地搞艺术，他们远离浮躁，远离名利，远离实惠，远离娱乐，远离社会上的种种诱惑，在陈叙一老厂长带领下，几十年如一日地下功夫追求艺术，所以才能树立起上译厂这块辉煌的品牌，并以其独特的魅力影响了好几代人。

回到前面所提的那个电话。差不多之后没几天，一个影迷朋友在超市中拦住我，滔滔不绝地说，他最近正在观摩《加里森敢死队》《梅菲斯特》等老片子，总觉着还是那时候上译厂的译制片味道好。我惊喜这样一些二十来岁的年轻影迷，开始关注和寻觅从前上译厂的配音作品，这个事实令我大受鼓舞，他们终于发现这个世界上还有这样一种好东西，可以百听不厌、永久欣赏。同时，我也希望，年轻的朋友们对老上译的关注度能逐渐扩大到今天的配音现状，期盼这块阵地能吸引越来越多的年轻人。也许，暂时这还是一个梦，但只要我们狠下功夫，再加上所有有识之士的热心扶持，相信仍然会出现一批人把这份事业做得风生水起！

2009 年 1 月 11 日

我的歌唱生涯

　　歌唱生涯？我这个人居然大言不惭地书写起我所谓的歌唱生涯而非配音生涯，是否痴人在说梦？不，我清醒着呢。我是想写一点我游走在歌唱界边缘的趣事，自觉颇有点意思，也或许都是我的音色惹的祸。

　　音色无非是"好听"二字。其实我知道，我的声音条件中，缺点、局限多多。比如：声音干，特干，缺少水分，声音特单薄，音域也窄。但话又说回来，我这方面的优点和这些缺点、弱点组合在一起，又会有一种特别的效果，至少声音的辨识度高，一听就可听出，无论老少受众都乐意接受，此种妙处我是至今说也说不清楚的。这就要联系到唱歌，坦白说，除了音色之外，我自己知道，声音条件、音乐素养、乐感等方面，都乏善可陈。所以，居然也敢勇气十足地在此说点歌唱生涯，着实是因为读者朋友（多数是我们上译厂的忠实粉丝），是可以对我随心所欲的瞎说一笑了之的。

远远地想到我的小时候，有两件事令我印象深刻，难以忘怀。一是三岁前，我几乎是人见人爱。那回在厂里，孙道临老师见到我幼年时的儿子道："希望这孩子不要长大。"我小时候大约就是这样。因样子好看，又笑得迷人，还极会表演，那回照相馆的伯乐师傅当即决定免费为我拍摄，又经我妈妈同意，放大了数张，统统摆放到橱窗里去，让我在这方小小天地里"招摇过市"。我母亲为此得意了一辈子，当然后来又被社区里的朋友们封了她一个"佐罗妈妈"的名号。二就是上小学时，音乐课上老师老把我从位子上叫起来"独唱"，尽管我已大不如幼年时那般天不怕地不怕，但班里同学们居然听得陶醉，渐渐地我也就"醉"得一塌糊涂，以为将来考上音乐学院不在话下呢。不过，奇怪的是从来就没做过这方面的梦。后来被外国小说和外国电影所吸引，而听配音、迷配音成了我中学生活中的最激动人心的内容，那才真叫一个快乐，亦是我每天的希望，每天的想象。1973年的一天，我真的进入了上译厂。可惜，因为褪去了神秘感，见到了我崇拜的配音演员的真面目，看到了录音棚里表演是怎么一回事，反觉得不是那般快活了。

　　到上了中学，有时下乡参加劳动，有空时就用紫竹调什么的填了词为乡下农民同志们演唱，也挺得意的，感到我们的歌声把田头的观众给吸引住了；还不知疲倦，因为边上有若干小女生陪着我一起唱呢。还记得，市西读高中的一两年，学校里有个"沪剧兴趣小组"，那"女魔头"（她舅舅是沪剧大家王盘声）见了我，也没考我，二话不说就将我吸收了进去。没几天，又二话不说就拉我参演沪剧《星星之火》片段，饰演日本鬼子手下的狗腿子——凶狠残暴的监工，戏中还洋洋得意唱了几句："十字花押……"啊，这就是一见了人还脸红的文弱书生的处女秀、处女唱。不过，也难忘，让我演大反派，其审美那时已能如此超前。是啊，若不是配音梦，否则去报考沪剧团也恐非惊人之举。

上海戏剧学院是我的大学母校，除了开设表演课、台词课、形体课，音乐课一周亦有一次。教声乐的老师毕业于上音，我可算是她的"拳头产品"。如果她还健在应当近百岁了，愿老天保佑她。但上音乐课，当然不是为了成就我的歌唱事业，而是为上台表演服务的，即如何让声音可打到最后一排去。那时候，小小音乐教室对面便是另一个小教室，是塞满三十个同学的音乐理论讲习间。我从没意识到，我"咿咿、啊啊"的练习声是足可穿透两道门而传到高班同学们的耳朵里的。不过，后来他们班上有的同学对我笑说，当时他们很享受我的歌声，老师的讲课反被很惨地干扰了。我也笑了，颇有几分成就感，可惜不是表演课，表演课若能频频获得在场观摩人员的喝彩，那才叫棒呢！

记得真正像样的一次小戏演出，那里头我连个前台龙套都没挨上，只是埋在后台为前面的戏伴唱，当然在一群龙套里边，俨然是个主角。那回我唱的状态很放松，反正也没观众盯着，领唱的歌声颇嘹亮、结实，不费力地传到观众席上。这只是我自我欣赏之举，居然会引起现场排戏导演——我们敬畏的朱端钧大师的注意，还侧头问了一句："这是谁在唱？"哇！这龙套跑得真痛快，当同学不经意地提到这个信息时，我心里乐开了花，啊，真爽！还有什么呢，好像记忆中的这些事儿可怜也就这点。

"文革"时则很特别，大约有七年时间待在学校里，努力干"革命"，亦不必回避。那些年里，没唱什么，光喊口号了，多数是高呼口号。喊一回，哑一回。反正隔壁就是华东医院，去喷嗓子就是，至于保护嗓子早已扔到九霄云外去了。这种超负荷破坏性地用嗓，还是种下了祸根的，以后几十年轻轻重重的慢性咽炎，嗓子经常闭合不好，声带不干净，就从这时候开始的。

蛮搞笑的，"文革"十年之后，凡上戏校庆活动的发起人，都会有意把我"忘却"。可能因为怕我来了以后，万一一激动跳出来要求也发个言，或演个节目，朗诵也好，唱歌也好，又会勾起台底下老师们的噩梦，这可如何是好！（因为那年代广播里白天晚上的吆喝声，对于"牛棚"里的人们而言，太熟悉也太恐惧了。）

1973年终于踏上社会，分配进上译厂。三十年里，我若极难得地说了一句上海话，或哼个什么歌，前辈演员都会大为惊讶，亦感到很新奇。配音的时候，碰得巧也须自己学着哼哼唱唱（如果不借用原片的话），我没想到通过话筒录音，出来的声音比平时生活里的还要好，不但人家感觉到了，后来我自己也意识到了，我选择走幕后之路还真走对了，我心里想。而这也为以后上舞台演唱建立了信心。

20世纪90年代末，正是我事业上与无所事事挂起钩的开始，最后配的两个影片，即美国片《婚礼歌手》与澳大利亚片《心心恋曲》。原本也轮不到我配，两个原定的演员一个跟厂里闹别扭，另一个太过年轻，于是就落到我身上。可巧，影片里刻画的两个主角都是倒霉蛋，后来他们都遇到了好运，但我这个为他们配音的，却依然是倒霉蛋，一直失意到四年后退休。后来的一回"壮举"，颇出乎朋友们的意料，我居然破天荒地上电视台去演唱，参与淘汰制的上海"五星奖"演唱比赛。其实我是主动想找些事情做做而已，无所事事的状态令我难以忍受，而并非如这个节目组的导演所好心鼓动我的话语：你再不出来，观众要把你忘却了。另外，也正像电视台那位曾和我有过配音合作的领导对我那位搭档所言：这是老师在提携你啊。此话说得中肯，我确有此意。跟我合作演唱的那个学生，本是上译厂学配音的小学员，通过参赛，是否有可能被哪位星探看中呢？我知道她就是最喜欢为大家唱歌，为人单纯，目的也很单纯。可惜，后来未能如愿。之后听说上海有一帮小邓丽君，她好像也跻身其中，也有机会去某种场合一展歌喉。我想，只要不是冲着钱去，而是为老百姓倾心演唱，日子过得充实、快活就好。这个也算和唱歌搭界的一档子事。是啊，想当初颇有些不知天高地厚的味道，现在则是接受电视采访尚可，而比赛之类找上门我肯定退避三舍了。

退休前几年及退休之后，我算是有机会从幕后到了幕前，开始了我的另类篇章。尽管我们的掌门人老厂长在世时，从不鼓励我们上台去演出，甚至不赞成拉一支队伍外出去帮忙配音。市场经济大潮袭来，令老厂长的晚境很是无奈和悲凉。

我下功夫为观众演唱的第一首歌是《康定情歌》。一个青岛的导演，因我们有过几次配音的合作，于是他也注意起我想为大家唱歌的意向。有一阵子，几乎天天找时间听我练习"跑马"的成效。我倒不至于会为了某种程度的成功而飘飘然，但确实我没有从他那里听到过任何一个对我的表扬或点赞。我一遍又一遍地唱，却难以让他满意，弄得我也很沮丧。心想，一个人就是具备某种条件，要成为歌唱家还是谈何容易啊！我这个"笨鸟"简直就是不开窍。后来在不断的大拼盘式的小分队演出实践中（往往是朗诵以后我加一个唱），掌握了一点要领——嗓子闭合好，有激情，还需得放松。可惜，这位导演大哥却因为身体欠佳，离开了艺术界，也就没有机会当面向他汇报。说起来，上头提到的这位伯乐，是我的"歌唱生涯"中的第一位贵人，我忘不了。接下来的一位贵人，便是我的老婆大人。

我的老婆欣赏我的配音，亦把听我任主角的作品作为她生活中的最大爱好。我感到安慰，因为我总算可以有一些东西来回报她几十年来付出的辛苦。然而在我不太有把握的歌唱活动中，她也奋不顾身为我摇旗呐喊，如此高调就弄得我有些恼火了。她一有机会就煽风点火，卖力地把我推出来，我也只好眼睛一闭听天由命矣。这样，2003年1月我独自策划组织的"向往崇高"音乐朗诵会——一次货真价实的大型商业演出中，我尝试唱了那支青海民歌《在那遥远的地方》。我听到观众鼓了掌，总算没有让期待我的观众朋友们失望，大概是因为唱得还好听，也因为是"佐罗"在演唱，有一份好奇，可能还因为我在唱这一支歌之前加了一句话："我因这句歌词而被深深打动，它说：我愿抛弃了财产，跟她去放羊。这才叫爱情啊！"

还有一些贵人的提携，我亦不会忘记。特别是前不久去世的上海歌剧院歌唱家任桂珍老师。其实在以往各种活动中，我并未和她会过几次面。但以她的造诣和声望，给予我的肯定和鼓舞非同寻常。那是一次公益晚会，我照例说完了"佐罗"之后，讲了几句搞笑的感言，然后为大家演唱我最熟悉的歌《在那遥远的地方》。那天我自觉嗓子状态还可以，因此唱得也尽如我意。观众听完报以热烈掌声，还要让我再唱一个。兴奋地回到后台贵宾休息室，就见有人把任桂珍夫妇引进了房间。原来他们俩就坐在第一排，听我的朗诵和演唱。我迎上前去，手足无措地不知说什么。她一边满脸是笑，一边热情握着我的手说："这样就对了，就这样唱，就这样唱。"我亦紧紧握住她的手（一定把她握疼了），我光会说：谢谢，谢谢，谢谢。她的老公也是位男高音歌唱家，站在一边，含着笑赞许地频频点头……

从此之后，我知道，只要我嗓子状态好，又带有情绪——（一种冲动、一种表演欲），我是可以把歌曲唱好，是可以给大家带去快乐和享受的。至于，问我是采用何种方法，我也很糊涂，大概是非纯粹的美声法吧。

总之，话又说回来，我有多少斤两，我自己心里有数。我所谓的"歌唱生涯"，也就是一种业余爱好罢了，再多的掌声和赞誉，不会让我飘飘然、忘乎所以。我最引以为欣慰也最在乎的是，对我来说除了配音和朗诵，我还能以歌唱这样一个新的手段，用心报效我的祖国，报效哺育和培养我一天天坚实长大的我的衣食父母！

"向往崇高"音乐朗诵会

今年的 5 月 23 日，一场名为"向往崇高"的小小朗诵会，在国际贵都大饭店如期举行。之所以不挑选大剧场，原因之一也是出于和观众近距离接触的考虑，我试图打破距离感，造成一种其乐融融沙龙客厅式的温暖氛围。

这几天我很快活，走路的步子也格外轻快，因为我做成了一件事，一件得到观众认可的事，我的内心感到充实。说实在的，我原没有伟大的抱负，只是简单地想象着，盘算着，让一些感动我落泪的散文（台上朗诵的都是散文），通过朗诵这种方式与朋友们分享，让他们也感动甚至落泪。我担心哪怕是个小小朗诵会也可能会失败，或落于一份平庸。尽管一年多来帮忙的好朋友不断鼓励我，尤其是累得够呛的我的太太。

真是没想到，这样一场朗诵会竟会得到观众们如此的厚爱。那天演出前，老天爷不帮忙，下起了倾盆大雨，但哪怕是狂风暴雨也不能浇灭观众朋友的热情。更感动我的是，整个演出过程，观众都在认真地聆听，在感受，在思考，且没有一个人是中途退场的。这样的情景自然更加鼓舞了台上的演员们。至于最后欢天喜地地谢幕，观众抢着要和演员合影、签名，都是可以想象的了。

我的结论是，朗诵会如此受欢迎，并非我个人有何了不起，而是因为"向往崇高"乃是演员和观众共同的追求，精神的力量真是厉害啊！

《上海采风》的朋友从我酝酿朗诵会开始，便很关注此事，且那时就有意想记录策办朗诵会的点点滴滴，以飨读者。我想就不麻烦《上海采风》了，干脆由我自己来书写一下朗诵会的前前后后吧，这样也就有了这些文字。

其实，早在二十年前，我就举办过号称"向往崇高"的音乐朗诵会。那是第一次，地点在上海音乐厅（我迷信那里的音响是沪上最棒的）。那一回令我印象深刻，谢幕时超过三分之一的观众冲上舞台和演员拥抱的情景，让我至今一想起还精神亢奋，觉得很值得。

有人问，为何起"向往崇高"这样一个名字？这四个字并非我的什么发明，而是大学者于光远某篇文章的题目。当时看了报，这"向往崇高"四个字就把我震撼了，心里就想，哪一回我搞活动，我就用这四个字作为鲜明、简洁的标题。

那一回的朗诵会，我的一个宗旨，就是绞尽脑汁要把晚会搞得特别一些。于是我干脆把演员都安排在台上，以打破神秘感。在台上放七八个小圆桌，让演员喝咖啡，台上台下大家都是咖啡茶座的一员。有一个女主持，主要起一个调节气氛的作用，她要

"当场采访"，听演员生活里说话，观众会有兴趣。整个朗诵会内容则五花八门，但精神不变——向往崇高，比方朗诵《钢铁是怎样炼成的》小说片断等。

我的"佐罗"台词片段的朗诵则安排在一开场，而且从台下走上去。有的演员嗓子好，乐感强，我就要求他朗诵完了再唱一个，让观众有意外惊喜。记得我也破天荒地兑现了我在说明书上的承诺，演唱了民歌《在那遥远的地方》。压台节目是专程从北京请来的朗诵艺术团团长殷之光，朗诵《周总理办公室的灯光》，而钢琴伴奏则是艺术大家刘诗昆——这个朗诵组合在粉碎"四人帮"之初的演出，在北京城引起极大轰动，我一直想让上海市民们也享受一把。

那回朗诵会还特邀了一个业余女歌手来演唱，她的声音条件堪比香港艺人徐小凤，一亮嗓，首先把台上的演员都镇住了。而让上海越剧院当家花旦单仰萍用钢琴伴奏演唱《红楼梦》，也颇具特色，很少有。那个朗诵会给了我信心，除了配音、录广播剧之类，我还可以干这样一类的活儿，真是幸运。当时，《新民晚报》也在舆论宣传上大力扶持，又嘱记者采访报道，又给演员拍照，这也让我没齿难忘。

好，下面就说一说今年5月23日的"向往崇高——童自荣和他的朋友们"朗诵会。

我总以为，事情要么不搞，要搞便一定要搞好，让观众朋友们结结实实过把瘾。还是那个宗旨，我下决心，朗诵会要搞得特别一些。如何特别？我首先有个创意，这回干脆让我从头到尾一个人主持，我相信让"佐罗"来主持带表演，观众朋友会有好奇心。我没有经验，但我有激情和感悟及大胆的即兴发挥。从头到尾还有一个人要待在台上，那就是钢琴伴奏。我最后有幸请到钢琴大师孔祥东，这无疑也成了朗诵会的一大亮点。这位孔先生天真又孩子气，毫不在乎大材小用，乐呵呵地乖乖听从我们的吩咐，令我们感动。

朗诵内容都是这些年来发表在报刊上并感动我的散文。我自己则朗诵代表作《泥巴》，接着又和上译厂小师妹搭档，为日本片《蒲田进行曲》的一场戏配音，这也意味着在朗诵会上加入了翻译片配音情结这个因素。之后的口琴独奏，则是俄罗斯歌曲联奏，这就又唤起了一部分人心中的俄罗斯情结（这节目居然达到上下哼唱、鼓掌呼应的效果，也是绝了）。压台部分的节目，则是马晓晖的二胡独奏《春江花月夜》。我跟她曾在第一回"向往崇高"朗诵会上合作过，我电话邀请她时第一句话就是："你还像从前那样善良吗？"她旋即回答："当然了，还那样啊！"我知道，事情成了。有意思的是，她在演奏之前，不打招呼便自作主张地把坐在第一排的她的恩师何占豪请上了台，风趣地彼此聊到马晓晖学习生活之初所出的洋相。会场因此哄堂大笑，而我正巴不得有这样的小插曲。

参加朗诵的还有黄莺、杨明、王苏、张欢、陆澄等，对这些志同道合的小师弟小师妹，我的内心充满了感激。还有一位为大家唱歌的演员，就是我上戏的校友、同班同学何添发。他是马来西亚归侨，一个十分善良的好人，心目中只有新中国，只有社会主义伟大建设，还是一个时刻提醒自己——我是一个共产党员的严格要求自己的老班长。

我有一个又一个的梦，"向往崇高"音乐朗诵会就是其中的一个。如今，圆了梦了，似乎还颇有好评。幸好我还有自知之明，并不会因此而沾沾自喜，我在总结经验，我在征求意见，下一回要再搞个什么，自然应当更好才是。总之，活得充实，真是最最重要的，与大家共勉。

下面把我这场朗诵会的开场白，原原本本写下来，期待大家"评头论足"，就像从前听我的配音，发表感想一样：

谢谢观众朋友们的热心关注。百忙之中抽身前来聚一聚，就是对我们朗诵会的最大支持。我知道，有几个朋友还特地从北京飞来。我的心里充满感激，我很感动，很温暖，很快乐。

我常常问自己：为什么要搞这样一场朗诵会，目的是什么？是为了挣钱？不是，我们都说好的，从我开始，不拿一分钱（事实上还要自己贴钱的）。是为了扬名？不是。是为了搞一个所谓个人独唱音乐会？也不是，都不是。我们的目的，只是想为普普通通的老百姓做一点小小的事情，让他们生活中多一点快乐，多一点温暖，多一点感动，或也是一种报答。因为，坦白说，做艺人的会有名，会有利，这个不要回避，程度不同而已。问题是这个名、这个利是谁给的？是老百姓给的啊！这个不要忘记，永远不要忘记。这个要报答，永远要报答。

　　不错，这个朗诵会是由我策划、我导演、我主持、我参加演出，有的文章亦是我写的，这都不重要。再说，我现在要嗓子没嗓子，要记性没记性，要年纪没年纪，这也不重要。重要的就是那四个字——向往崇高。而这份向往崇高亦不是我一个人的，我相信，在座的每一个朋友内心深处都有一份对崇高的向往，对不对？

我和《在那遥远的地方》

　　我曾在杂志上发表过一篇《我的歌唱生涯》。各位大概觉得搞笑了，怎么"生涯"不是配音而是歌唱？其实，我只是想逗我的影迷朋友们乐一乐。歌唱是我的业余爱好，我的水平、条件顶多比五音不全者稍好一点，而且搞七搞八的，到现在也搞不清楚我用的是哪门子演唱方法。

　　之前三十年配音生涯，我是从来不唱的（包括在厂里不说一句上海话），脑子里塞满了台词，无暇顾及。到处乱唱，也是退休之后被那些狂热的好事者硬推上了台，有了第一次就有第二次，最后俨然也成个"歌手"了——联欢会歌手（就像我配的《婚礼歌手》中的那一位）。"坏事变好事"，久而久之我忽然发现，我还真应当唱一唱，为老百姓服务可多一种手段，哪怕出点洋相也值。即使人家仅仅是为了听听"佐罗"唱歌而进的剧场，能满足大家一点好奇心，我也挺开心的。

　　唱得最多的是《在那遥远的地方》，好像成了我的"标志性作品"。也不是因为和这支青海民歌有何特殊缘分，而是被其中一句歌词深深打动："我愿抛弃了财产，跟她去放羊。"在演唱之前，只要有可能，我会先发表一点感言，尤要对台下年轻人说说，"抛弃财产跟她去放羊"，多好，这才叫爱情。我们从前都是这样的，现在依然是这样。说完，音乐起，开唱。有时也清唱。人说清唱的难度最高，我倒觉得清唱最方便，还可让我天马行空、随心所欲地乱发挥。

我当然很在乎反响。多半，一般观众都是客客气气，好心好意给我掌声，热心鼓励；专业的人听了，则不语，可能不知道该怎样来评估我的唱功。不管怎么说，只要听众高兴，我就心里充满温暖和踏实感。

为了好好唱《在那遥远的地方》，我还真有些思考，结论如下：到台上唱歌，归根到底就是唱一份情绪，这跟演员上台塑造角色应当就是一回事。而观众被你吸引、打动的也就是这个。情绪到位了，其他什么技巧、条件或出了点小问题，甚至都可忽略。还是那个中肯的话：做个演员缺乏激情是致命伤。所以每次上场之前，我都对自己说，你准备好了吗？你上台是否已经带了足够的欲望、情绪，脑子里有画面了吗？遥远地方的那个天，那个地，那个人……

围绕这份业余爱好、这首歌，还有两个小插曲，想在这里与大家分享。

那是一次大型敬老联欢晚会。我上台朗诵后又被拉唱了《在那遥远的地方》，和大家一起谢完幕，回到化妆室。门被谁打开了，我一回头，就见一位很有气质风度的女士快步走了进来，我一眼就认出，她是我们熟知、喜爱的老艺术家，歌剧院资深歌唱家任老师，边上陪着的是她同为歌唱家的丈夫。任老师满脸是笑地握住我的手说："你就这样唱，就这样唱。"天哪，刚才老师就坐在嘉宾席上从头到尾听完了我唱的啊！幸好这个信息事先无人透露给我，否则我在台上思想不乱开小差才怪呢。我深深地感激任老师，也永远不会忘记老师热情鼓励的话。虽然之后我依然稀里糊涂地唱，但心里毕竟多了一份自信。

还有一次则是发生在最近浦东政协的恳谈交流会上。会开完了，还冒出一个余兴环节。主办方建议我唱一个《在那遥远的地方》，清唱，连报幕也让我包。尽管刚才一大通发言后嗓子有点疲劳，但发挥还算正常，也未因眼皮子底下就有好几位艺术家盯着而心生怯意。晚餐前我被何占豪老师叫住，他很认真地向我发了好几问。他认真地问，我也老老实实地答。他问："这支《在那遥远的地方》是青海民歌吗？"我说："是的。"他又问："你从前去过青海吗？"我答："没有。"他看着我，第三句话却戛然而止，未再问下去。我心里发笑，他不追问，我亦可猜到八九分，就是"那种意思"的话，何老师一定是怕太冒昧，会得罪我那不在场的太太，才刹的车。我后来不免自我怀疑起来，难道我的歌声能那样地让何老师产生那种联想？回去跟我太太说了，她听了，也跟我有同感，同时，亦感到何大师也蛮好玩的！

人常说：人生苦短。总有一天，我也会出现那种爬不起来的状态。在这之前，我一定好好让《在那遥远的地方》这首歌陪伴在我的身旁。对了，哪位朋友如有机会听我野豁豁地唱，请不吝提提意见哦。

硬碰硬

你就像一张白纸。一句话，就这么简单。对所有梦想成为一个演员而要去报考戏剧学院的年轻人，我都要这样说。朋友，负责招考的有经验的表演老师，应当不怕你表现出来的状态是天真或幼稚，通过考核你的构思并做小品，老师们会看得出你是否具有做演员的条件、潜在素质。不会表演、不懂表演，完全正常，这就是你要上学的理由。一张白纸便最好画画，最好调教、灌输和改造。

现在社会上的培训班"风起云涌"，很多的办学目的不敢恭维。许多没有资质不合格的男士、女士也纷纷钻到教师队伍中来，很可能把好好的人才给扭曲了，养成许多坏毛病、坏习惯，将来扭也扭不过来，最令戏剧学院的老师们头疼。因此，我赞成，硬碰硬，一张白纸最好，听任有经验有眼光的老师们的考察、鉴别，行就行，不行就拉倒。听说有的人还千方百计靠什么背景，走什么后门，那更是要不得。

我以自己作例子，坦陈我从艺路上的真实经验和真实感受。

高三毕业去考上戏表演系，我最初的想法是，硬碰硬，想证明一下，我是否拥有当演员的素质。我瞒着家里人去报名。家里人基本上都不看好我，如我的祖父，偶然获知，很温和却又很郑重地让我慎重考虑，切忌冲动。他说："据我对你的了解和观察，吃演员这碗饭，好像不太合适。"然而他们没有说动我。

我当时真是一张白纸，普通话是大致上从收音机里学的，不会跳舞就做广播操。最重要的一关是老师出题目，让我即兴构思并当场做小品。记得（永远记得）初试时，抽到的小品题目是《收到一封阵亡通知信》。我对抗美援朝的英雄故事最是敬仰，所以接到这个题目，脑子里马上把它和抗美援朝联系起来了。我想象，我亲爱的哥哥参军赴朝作战两个月后便壮烈牺牲在朝鲜的冰天雪地上，我是他从小带大、小他几岁的亲弟弟，当然悲痛欲绝，流泪哭泣是不可避免的了。我于是一边喊着"哥哥，哥哥"，一边向教室的一面墙上猛扑过去号啕大哭。我真的动了感情了，痛哭流涕……（就差没有再发挥一下：我也去参军，替哥哥报仇！）或许初试就因这小品的通过而成功。进入复试之后，因为心里有了点准备和体验，对老师出的题目构思更巧妙一点，表演时只是要求自己像生活中可能发生的那样来思考来动感情做，最终被录取了，成为上戏表演系 1966 届三十名学生之一。

我和我的大学同班同学，都崇尚艺术要纯粹，将来毕业了，要全心全意好好塑造角色为人民服务。我们都对艺术殿堂怀着敬畏和虔诚，从心里鄙视走歪门邪道，搞那些见不得人的小勾当。

艺术是神圣的，为达到渺小的名利目的的人不会有什么大的出息。

此刻，我倒要为我的小外孙点个赞。这小鬼不过刚跨入小学三年级行列，却已然是个硬碰硬的主。他考市少年宫少儿合唱团，我们本想给主考老师打个招呼，小家伙却断然回绝。他听从自己内心的召唤，独自一人上了十楼的考场。这回疫情中，参与"明日之星"比赛，最后决赛的考场在广播大厦，我们上译厂的隔壁。他也不要我到现场去亮个相，他说："这对其他参赛者来说是不公平的。"这年头，五花八门的，我们的小外孙有如此的表现，出乎我们的意料，也让我们这些大人们欣慰。做人永远最重要。他是以自己的言行在教育和提醒我们了，不是吗？

我还有两个梦

　　因痴迷外国影片配音，我曾做过长长的梦。芸芸众生中，我是幸运的，十二年过去了，终于美梦成真，此后即三十年的配音生涯，以为此生事情就到此为止了，未料退休之后，有大把大把时间容我自己掌控并天马行空胡思乱想（内向人多半如此吧），居然又起劲地做起了一个又一个小小的梦。其中有关乎沪剧和黄梅戏的，总在脑中挥之不去。今借"夜光杯"一角，表述一番，主要和读者朋友分享和交流，当然若能引起"有识之士"的兴趣，那就离圆梦之日不远了。

　　先说说沪剧。

　　我曾在个别场合提到过，踏入青年那会儿，南方曲艺——评弹和沪剧，是我的艺术启蒙。完全被这两门艺术征服，亦可算货真价实的戏迷，翻译片影迷还是后来的事。那时候一有空最大的快乐，便是到时间就捧着大大的收音机乐陶陶一字不漏地收听节目，周围一切立马抛之脑后……而今天，到了我这把年纪的男士

196

或女士们便也因此有个对比：随着拥有一身本事的沪剧老演员纷纷离世，成熟且又有影响的中年演员人才又留不住，特别是男演员流失惨重，沪剧艺术衰落也就无奈成为现实。作为戏迷，我们至今情结犹存，不甘心这种现状继续下去，总期待沪剧的振兴，总愿看到沪剧欣欣向荣局面的出现，也愿在此复兴过程中起到一些小小作用。我的想法是，可以做做曹禺名作《雷雨》的文章。当年——20世纪50年代末，沪剧界曾有一大壮举，组织起各流派代表人物汇演沪剧《雷雨》，尚未出票便轰动上海滩，令我们至今记忆犹新，津津乐道。这回，我们不演戏，而是安排关键场次和段落的沪剧清唱，伴奏则一定要用交响乐，这时尚玩意相信可以吸引今天的年轻人。台上的演员，不管专业还是业余，都可以采取"海选"形式产生，从中挑选出最合适最出色的人员来担当相应的角色。至于流派则不必过于苛求。海选自然要下大功夫，它的好处是社会影响大，我们正需要以这样的形式来推动沪剧的振兴。最后，如合适，我可尝试以特殊戏迷身份，用普通话加上海方言来全程主持。

再说黄梅戏。

《天仙配》，是我20世纪50年代看的电影，迷得不行。那时候满脑子就希望自己能是董永，那么老实巴交，那么凄惨。男主角王少舫的模样演董永至今无人可超越，尤其是他的嗓音，浑厚的，糊糊的，完全和角色贴在一起了，换了漂亮、明亮的嗓子味道就不对了。黄梅戏的主旋律在戏曲中应是独树一帜，也是极为动听。联想到《梁祝》小提琴协奏曲，它是以越剧旋律作为基础发展、加工而成，我于是想，为何没有人用黄梅戏的主旋律为基础，做成《天仙配》小提琴协奏曲呢？或者干脆用民乐来烘托二胡之独奏？当然，这是要由内行中迷得不行的朋友动用自己的智慧，千锤百炼下功夫作曲的。就缺有天分的作曲，演奏员倒是不愁找不到的。我还想，演奏过程中有的段落还可加上清唱，比方"路遇"一场。

好了，我这两个梦，都和戏曲有关，亦可见我们这些外行或热心戏迷已经感受到，作为传承中华传统文化重要一部分的戏曲的春天来到了。撸起袖子大干一场吧，也把年轻人吸引进来，让他们领略戏曲的妙处，让一个个的梦都变成美好的现实。

两点启示

今年的金鸡百花奖颁奖仪式近几月将在河南郑州举行。对于郑州，这是第一次。围绕着颁奖，郑州已大张旗鼓地展开了面向广大群众的系列活动，第一炮主题便是"重回少林寺"。8月17日的晚会不但邀请了上译厂的我，也请出了另一位幕后工作者——歌唱演员郑绪岚。有意思的是，《少林寺》影片放映三十多年，我和小郑还是初次见面。可惜"幕前"主演的"觉远和尚"李连杰和女主角"牧羊女"丁岚都在海外，不便前来，这两位演员我亦从未见过面，难免有一份好奇。

两点启示，可供参考。

首先是晚会热情邀请了从事幕后工作、在棚里演戏的我。我本微不足道，然而我从事的配音工作却是神圣的。推而想之，幕后这份工作，涉及方方面面，虽不必夸张到伟大，但亦是整个行业必不可缺的，应当引起相当重视的。那么，金鸡百花奖组委会是否能对所有幕后工作的同志多这样一份重视呢？我当然更关心配音这一块。我知道，我们上译厂的年轻的同事们正在咬牙拼搏，因为他们要传承，要让这个品牌在他们手里继续发光。这些可爱可敬的年轻人当然不在乎什么名和利，他们在乎的是配音是他们的最爱，值得为之奋斗。但如果有关部门也能给他们恰当的奖励，是不是更能推动和鼓励他们奋勇前行？而对其他所有对电影事业默默地作出应有的贡献的幕后工作者，也同样如此。我们都有体会，观众朋友对幕后工作是公平的，几十年来始终关注着，欣赏着，事实上给了我们这些幕后工作者巨大的温暖、安慰和激励。郑州的朋友可说是一个代表。

其次，这个晚会是在英雄的二七广场上露天举行的。露天活动勾起了我们多少美好的回忆。尤其是露天放映电影，那一个个美好的夜晚啊。恰逢现在依然处在不可放松警惕的时期，露天展开活动可说是一绝，既比较安全，又可尽可能多地吸引和安排观众。当然，和室内演出相比，对舞台、音响部门提出了更高的要求。但我相信，只要我们肯下功夫，办法总会有的，且会越来越成熟、越来越有经验。那天郑州的晚会，总体效果还是不错的，可说开了个好头。我在台上手握话筒讲话，感觉音响挺有清晰度，高低都可操纵自如，不吃力，很过瘾，给我留下了一个美好的印象，同时也对郑州朋友的真诚和好客心存感激。我因此热切希望，这一类露天的活动多多益善。

衷心祝愿郑州的这个大项目取得圆满成功！

朗诵是否有窍门

朗诵这件事是否有什么窍门？我坦言，我不知道。我只知道，做任何事情都得下功夫，不可投机取巧，走什么捷径。

说起朗诵，我首先会想起焦晃大师哥的教诲，他语重心长又中肯地告诫朗诵艺术爱好者，务必尽可能多地接触和学习表演艺术，能做个演员最好。是啊，我们吃不懂表演而自以为是的亏真不是一天两天了，上了台不知去干什么。我有过这样的苦恼，相信许多人亦感同身受。

差不多2004年退休之前那几年，我才渐渐加入朗诵的活动，于是断断续续有了一些舞台上的实践，深感朗诵和棚里配音还真不一样，必得直面观众。体会当然有一些，更多的则是失败的教训——我把平庸之作亦视作失败。

想起二十年前，我第一次策办"向往崇高"音乐朗诵会，力邀上戏大师哥王洪生朗诵范仲淹的杰作《岳阳楼记》，也是我第一次聆听他表演。没想到他朴朴实实不事雕琢的朗诵，令全场观众听得如痴如醉。朗诵结束谢幕，不但底下掌声喝彩如潮，还不让他下台，非要他再来一个不可。一个小小的朗诵居然能取得这般轰动效果，那真叫一个绝，也令我敬羡不已。可惜，我们这位可尊敬的大哥从此不再踏上舞台，也拒绝参加任何社会活动。

上两个月参加过一场庆祝中国共产党一百岁生日的大型朗诵会——"曙光"。在候场室里，我们一些上戏校友情不自禁有过一些讨论，且越聊越热烈。我们都有共识，现在的朗诵现状，确实存在着一些问题，有必要好好坐下来，认认真真平心静气地展开讨论和研究。比方：什么样的朗诵才是美好的、打动人心的朗诵？那种大喊大叫的朗诵是否可取？还有朗诵者本人主观上也知道应当调动真情实感，然实际上都陷入挤感情、表情极夸张的境地，如此不由衷令他自己、台下观众都很痛苦，等等。

朗诵并不简单。张张嘴，声音响亮，台词又滚瓜烂熟即可搞得好朗诵吗？我的意见是：现在是到了对朗诵艺术认真开展讨论研究的时候了，希望市里的朗诵协会注意到我们的呼声。

还有几点积累的心得，不怕大家见笑，也一并在这里摆摆龙门阵，开个头。

首先，参加朗诵，只要有可能，要尽量由本人来挑选作品。我现在特别有欲望朗诵散文诗《泥巴》——颂扬我心仪的土地、乡村和我的衣食父母，因此有机会我就会主动推荐。当然，很多时候实现上述主动性并不容易，面对一份比较陌生、离自己又有些距离的材料，至少要反反复复阅读和思考，和塑造角色一样，找到令自己有触动的点，才能有欲望和冲动，才能有激情走上舞台。

其次，在后台酝酿，尤其上得台去，建议一定要获得一个松弛的状态。我在回忆邱岳峰大师的特点时，就特别强调邱老师在棚里录音时的那份松弛。其实不管在录音棚，还是在台上演戏、朗诵，演员之从容不迫，都是大前提。若你在台上松不下来，心狂跳不已，你脑子里一定会一片空白，哪里还有什么一个个画面出来帮助你入戏、出激情啊！台词即使一字不错，那也是苍白机械、索然无味的，声音也会涩涩的，极不自如。

最后，当然是要动感情了。这个道理都懂，自己感动了，才能打动底下的观众。但我们往往容易本末倒置，功夫下在马上把台词背下来，或是如何处理作品上。所以这个问题是需要经常在工作过程中提醒的，我自觉当我动了感情了，其他一些不足都可为人所忽略，哪怕你声音状态再不理想，观众亦会被你吸引过去。

还有个小建议：你可多注意使用自己的胸腔。不管唱歌、说话都能有胸腔的支持，让声音从胸腔里发出来，让你的低音有水分、有磁性，而顶上去的高音又丰满，那一定会有一种特殊的效果，不妨一试。

让我们专业的、业余的朗诵爱好者一起讨论，一起合作努力，把朗诵艺术专业推进到一个更加有力更加健康的境界，更愿朗诵艺术之花灿烂辉煌、遍地开放！

你也可以朗诵好

　　那天，我的太太好像又有何特别发现似的，朝着在房间另一头的我大声说："嗨，这个人在作朗诵的培训讲座，热情洋溢，还是个哪里的主持。"过去一听，这位主持大谈特谈如何使嗓子说得漂亮，如何把普通话说得标准，等等，至于用心用情这个核心要旨却给忽略了。我当即和太太议论开了。我说，不错，朗诵者要有好的声音条件，普通话也应尽可能标准。但试问，光在外在上下功夫，本末倒置，首先不强调内在的激情，你自己在台上不感动，那又如何去打动和鼓舞底下的观众呢？

　　上戏大师哥焦晃曾说过的一句话令我印象深刻："你不是个演员，你上台去朗什么诵？"话很简单，有点不客气，但我以为说得中肯、精辟。这也意味着，朗诵者应当尽量朝表演靠拢。我希望广大朗诵爱好者，学学表演，千方百计懂一些。在这里允许我这个对朗诵也是一知半解的人，把我的心得给朋友们摆一摆，希望能起到一点抛砖引玉的作用。归纳起来有如下三条。

第一条，诚如前辈演员李梓老师所说：首先要抓对群体、对角色的理解。理解对了，就有了大的正确的方向。配音如此，朗诵也是这样，重在理解。那么，理解要到何种程度呢？一句话，就是要喜爱上这个作品，喜爱你要塑造的角色。比方，我配"佐罗"，就要喜爱上"佐罗"。"佐罗"奉行路见不平、拔刀相助的理念，与我的向往可谓不谋而合，我做不了"佐罗"，但至少我极愿向他学习。也曾在生活里发生过"佐罗"救护小师妹的真实一幕，虽还做不到镇定自若、心不跳。要达到如下境界：我就是这个角色。

第二条，激情，当然是有分寸的激情。如何获得激情？一句话，脑子里先有画面再说你的台词。你若出不来画面，那么剩下的只是刻板的外在设计了，是有模有样地背台词，这样说出的台词不会有生命力。必须身心非常投入，一心一意融入角色去刻画人物的个性、面貌。道理也不复杂：你在平时生活里说起某个人，脑子里总是会有具体形象，是一种描绘性的表述，那必然不会是抽象的、空洞的。

第三条，放松下来。有的人天生有个好素质，人越多他越来劲。但大多数人都要有个克服一些障碍的过程，包括我也是。因此得要有针对性地想办法松弛。你或有过在私下准备时会痛哭流涕，到了台上，脑子里一片空白，只是在机械地说台词的情况，原因就是紧张了。这种情况，我也有过。所以这个问题切切要当作大事来抓。

下面，我还想具体地把我一个心爱的朗诵作品的准备工作拆开来讲给大家听。

在选择朗诵作品时，只要适合，我常会提议朗诵我的心爱之作，就是散文诗《泥巴》。作者是个农家子弟，把自己对泥巴、土地、父亲、故乡的深厚情怀刻画得淋漓尽致。我觉得《泥巴》说出了我的心里话，这篇作品非常契合我的口味以及我固有的理念。朗诵《泥巴》，我要求自己始终要有画面感。《泥巴》中，除了黑油油可爱的泥巴，突出的是跟泥巴一样沉默寡言、朴实无华的父亲形象，他为了不致影响"我"的工作，硬是不同意让"我"即刻赶到弥留之际的他的身边。而等"我"来到他身边，他跟"我"已天各一方，永远再见不到最后的一面。这个伟大的父亲啊！其实，在我脑子里同时不断出现我自己的父亲和我的叔叔。他们都老实巴交，工作认真得要命，且不惜耽误了自己的病——患的都是不治之症。事实上，我是在他们的潜移默化下一天天长大的。

朗诵过程有必要安排一些音乐作衬托的渲染。但我一开始设定要和观众促膝谈心，拉近距离，因此都不安排音乐，待到父亲去世之前的段落，才开始起音乐。这也正如舞台背景上始终凸显着的画家罗中立那幅《父亲》，它们都无言地看着我们，看着无垠的土地，看着那难以离舍的故乡。

对于朗诵我现在还在经常思考，或跟自个儿讨论。我更希望大家一起开开会，交流、探讨。这种思考有时会化作一种冲动——想朗诵。比方我现在钟情于一个题材：有首歌好像叫《雪杉林的传说》，歌词就是一首好诗，讲一个红军战士才满十八岁已长眠在可爱祖国的土地下。朋友，你有这样的冲动吗？我们一起把歌词挖掘出来，一起作个集体朗诵。

朗诵随想一二

朋友，如你有意开个朗诵会，我这里可教你几招。（呜呼，这语气有点像教师爷了！）

开朗诵会，我必倾向于安排主持，一或两个。主持的作用并非简单报个幕，而应成为整台朗诵会的一部分。他应抓住演员的特点来介绍，以吸引观众。同时要围绕节目，即兴、由衷地发表感言，能来点脱口秀当然更妙。最好现场进行一些对演员的采访，这亦是观众极有兴趣听一听的，也会对接下来的节目更抱期望。要放松一点，生活一点，完全和观众融成一片。看过歌手邓丽君巡回演出的光盘，那位"老克勒"主持，不慌不忙，风趣幽默的谈说或自嘲，对调节演唱会的气氛起到何等大的作用啊。我们不必照搬，取其精华则是有益的。

一般地说，朗诵内容相对集中，有内在联系即可。现在好读的诗不多，我更偏向于散文，当然因篇幅问题宜加以浓缩。不赞成娱乐至上，弄得一片无聊污浊，当事者还自以为得意。要让观众或受感动，或受启迪，或精神为之振奋。这也涉及台上的朗诵者，恐要掌握两个要领：1. 状态放松再放松。2. 情到深处会流泪，先自己感动（并非挤感情），再让观众跟着感动。这一些看来好像简单，真要做到谈何容易。

关于高科技的利用，我最在乎的是音响，能让人闭着眼睛聆听就是了。不必在灯光、道具、舞台背景上太花精力。音乐要动听，但不要铺天盖地，恰当地烘托为宜。至于场地，有个大沙龙的感觉最好，观众人数控制在六百到八百个，这样就像在观众身边，暖意洋洋地娓娓道来。

说到这儿，本可就此打住，然还感到意犹未尽，请允许我围绕这个话题，再来阐述些许想法和建议。

这几年上海办了一个朗诵协会，令上海的语言艺术爱好者又有了一个家，一个温暖洁净的家，实乃可喜可贺。不错，这是个民间性质的团体，然我想我们都应清醒地意识到，在我们这个小小的领域，也必须强调中国共产党的领导。

我认为成立朗协这个组织，目的很单纯明白，就是为老百姓做点事情，为社会做一些语言艺术方面的贡献。要把朗诵协会的运营，纳入正常、健康的轨道，管理者应光明磊落，让一切不透明的、见不得人的，或不合规定的言行没有立足之地。我不知道是否有人想通过协会来赚钱，或拐弯抹角利用操办朗诵活动的过程来谋取钱财，那是绝对不得人心的。正如习总书记在全国文联会上这样说："文艺要效益，但决不能沾染铜臭气、当市场的奴隶。"朗诵协会正确、健康的运营，我热切希望大家（不论是否会员）都来关心，贡献智慧和力量。

还有一个想法。我们专业的文艺工作者，不宜高高在上，动不动以艺术家自居。专业的和业余的朗诵爱好者，各有其长处和短处，优势和短板，理应互相尊重，互相珍惜，互相学习，互相扶持，以求共同进步。目前我赞同不忙于提高，极重要的任务倒是普及，尤要在青少年中倡导普及。我曾有过建议：写一个可操作的普及性质的关于搞好朗诵的小册子，免费赠送给全市初中和小学。我愿为此尽自己的一份力。

愿语言艺术爱好者们团结起来，活跃在朗诵艺术这个阵地上，在党的正确思想引领和指导下，为早日实现长三角朗艺大联盟而奋斗。

少年强则中国强

　　一场由一群可爱至极的少年儿童撑起的朴朴素素的朗诵会举办了。组织这场朗诵会的是不久前成立的市少儿朗诵艺术团。这是在冬奥会结束不久，我太太从手机上看到的一则信息。得知这个好消息，我好不兴奋，就想找个擅写作的立马去详细采访一下。

　　我是特别推崇这样一场演出、这样一个民间组织的。进入新的一年后，朗诵协会暂无可能有大的作为。现在有这些小朋友们，不惜花费时间和精力，把兴趣放在语言艺术上，我十分感动和欣慰。有句话说得好：少年强，则中国强。上海的少儿朗诵群体走在前头了，值得欢呼。我们不是着眼于朗诵艺术的普及吗？那么从小孩抓起，也是一个不错的选择。我相信，市少儿朗诵艺术团这支队伍，一定会得到广大市民的支持，同时也定会推动和激励成人的朗诵活动健康运行。不久的将来，一大一小两支队伍并肩作战，相互扶持，相互学习，朗诵艺术便可遍地开花。

面对小朋友们带来的激动人心的前景，总想出一点力。我不擅当老师，也就只能提几点建议，希望对小朋友们及背后的大人们有一点参考的价值。

有一条主要提醒搞培训、辅导的大朋友。我以为，表演二字至关重要。事实上，朗诵艺术最接近的，是表演。虽然并非是演员才有资格上台朗诵，但当老师的一定要强调向表演靠拢，朗诵爱好者应尽可能地多学一些表演，懂一些表演。懂了表演，就可以知道如何在台上放松，如何在台上展开思考（这也是观众最想感受到的），如何在眼前出现一幅幅相关的画面，以及由衷、有激情。这当然也对老师们提出了严格的要求，因为有些老师并非专业学表演出身。

另一条是，小朋友们都应该自觉意识到，朗诵作品的内容都是触及人们灵魂的，那么朗诵者自己也应当是小小的"人类灵魂工程师"。我们要拥有雷锋那样的人品，为人处世要正正派派、光明磊落，至少有一份向雷锋学习的真诚的心。这样你站到台上，才是踏实的，自信的，充满倾诉欲望的。首先要做到这个，再加上技巧层面的东西，你的朗诵才会达到目的，即打动观众，启迪观众，和观众产生共鸣。

少儿朗诵团的小朋友和大朋友，欢迎跟我们多交流交流喔！

○
○

辑

三

我的漂亮妈妈

　　我的老母亲明年就要一百岁了。

　　最近她老人家大病一场。幸运的是，居然死里逃生，还重返老人院，几可说创造了一个奇迹。

　　那是本月9日，母亲突遭病魔袭击，肺部严重感染近至衰竭，还发高烧超过39℃。可怜她已这把年纪，又是在反反复复的疫情之中，获此消息的人们都无奈摇头，对我母亲能否闯过这一难关，皆不抱多大希望。其实，我亦做好了两种精神准备，虽然总是难以相信，我的妈妈会就此走上那条不归之路。谁能想到，奇迹竟然发生了。

　　先是老人院及时发现并迅速组织抢救。他们叫到了救护车（须知救护车也真不是好叫的），让我陪同去我家附近一家大医院，经医院急诊、病房大夫们和医护人员的精准、有效的诊治，两天后我母亲的病情便来了个大逆转，且之后病况一天比一天乐观。从医生嘴里不断听到"人挺精神"的字眼。终于在三周之后，她老人家竟以一个战胜病魔斗士的姿态，从从容容由我护送回了老人院。

这一幕就此有惊无险地落下了。本可打个句号，然我却有所不舍。不错，我妈妈只是千千万万普通老百姓中的一员，是个不起眼的小人物。但细细想来，她还真有点与众不同之处，值得和"杯友"（"夜光杯"的朋友）们一起分享。

人都以为天下的母亲中自己的母亲最美丽，此乃人之常情。然我的母亲真是个美丽的女子（可惜"文革"中妈妈的结婚照不知去向，她年轻时的模样也只能凭想象了）。她的美集中在她的五官。首先是眼睛好看，让她绝对上照。其次是鼻梁高挺（回族女子大概多半有这个特点）。还有就是母亲有一口洁白的牙齿，不仅整齐，形状亦好，大小又适中，这一点当时相亲时，男方家十分讲究。母亲是个开朗的人，说说笑笑无所顾忌。一大笑，便露出她美丽的牙，而不会像有些人那样，下意识地抬手背挡一挡。

母亲的容颜在我看来堪比一流影星，却无意进入这个领域。我说：我的音色有你大半功劳。后来公映《佐罗》，邻人又笑称她是"佐罗"妈。还有这样那样官方及民间的表彰……面对这一切，她当然是开心的，但也只是笑笑而已，日子依然是踏踏实实地过。

我这个大儿子，1944 年年初却让母亲吃足了苦头——难产，我就是不肯出来（难道那会儿就喜欢躲在幕后？），这可让来亭子间接生的大夫大伤脑筋。最后只好冒险动用钳子，硬生生把浸在血泊中的我钳出来，弄得我头上至今还留有伤疤，但总算两条命都保住了。

母亲家教中报恩思想浓重得很，深深地影响着她，尤其是报国家之恩、人民之恩。我母亲、父亲两家都是抗战时被迫逃难到上海的，这番惨痛历史刻骨铭心地记在母亲心里。因此就可理解，我母亲对新社会的爱，对共产党的爱。新旧社会，母亲有一个很朴素的对比。她嘴上不说，行动上是先从自己做起。想当初，她纯粹是一个家庭妇女，但她充满热情地为自己寻找机会，逮着个培训班就进去学习，掌握了不少技能。等到我们三个孩子都能自理了，她就托付给乡下来的阿姨，自己去闯荡，居然找到了一份最能发挥自己能力学识的工作——在钢铁厂车间里给工人同志们扫盲。哇，这是一幅对比多么强烈又温暖的画面：一群闹腾、五大三粗的炼钢工人们，这个时候都乖得如同羔羊，而被他们团团围着的正是这位年轻貌美的扫盲女教师。那时的母亲，站立着，正神采飞扬地发挥她的口才和极高模仿力的口语。这些心地纯朴的工人，我母亲若受什么委屈，他们会为她去拼命，一点也不夸张。他们响亮地亲亲热热地称呼她马老师，这"师"字还拉长了说，那实在是最动听的音乐。这一幕又一幕，在我母亲的记忆中永远是光辉而引以为傲的！

以上说的这些对于我们是切切实实的来自母亲的身教。而她时时叮嘱我们的口头禅是："你不要影响工作。"尤其在我踏上心仪的工作岗位之后，她更是强调这七个字。我当然也很清楚，这工作是人民交下的工作，是党交下的工作，必须要做好的，应当尽最大的努力。而这样努力的结果，很可能是要付出一些代价的，但代价再大，也终究并无悔意。这里我要说到我可怜的早逝的父亲。

我父亲未到六十，就患上了尿毒方面的重病，但我们都没有意识到它的严重性。尤其那一回，一早送他去医院，这是惯常的思维，疏忽大意了，没有估计到病情会有突变。母亲只晓得让我放下父亲赶紧走，不要影响故事片厂的工作——那回正巧借去为《青春万岁》配音——等到我配完戏回到医院，父亲已进入抢救室。因为没有碰到最合适的人、最合适的药，我进了急诊室不久，父亲就一声未吭一头栽倒在我的怀里。我的父亲母亲感情是很好的。爸爸不多话，但不怒自威，是家里拿大主意的。可以说，妈妈挺崇拜他的。父亲这一走，母亲并未号啕大哭，她是默默地苦在、疼在心里啊。回到家里，唯记得她对着父亲遗像喃喃说了一句："老童，你就这样走了。"……

是啊，我的老母亲可算命大，这回逃过了一劫（我向关注、呵护、帮助我母亲的所有朋友，深深地鞠躬，谢谢了，你们的救命之恩）；与此同时，我不由得衷心希望天下做父母的，都能健康、长寿。从某种角度说，我亦是你们的孩子，因为没有你们的关照和悉心栽培，就不会有我今天的一切，我心里明明白白，不是吗？我说的都是真心话，请大家相信我。

我爱我家

我是个马马虎虎容易满足的人。冬日里若是阳光灿烂，我便会非常非常喜欢。新年已到，我愿把眼下的快乐心情写下来，与杯友们分享。

我爱我家，说说我们家吧。当然，先要从我的老母亲说起。

我妈妈现在快到一百岁了（谢谢她老人家给我们子女带来的福）。那年舅妈的追悼会上，我曾出声为母亲加油：我妈一定要活到一百岁。边上人听了还侧头扫了我一眼，我明白她的意思。我早早失去了父亲，现在无论如何也要好好为母亲庆生，感谢她给我的言传和身教。也许她现在不记得了，但我永远铭刻在心里，就是那句从前说得最多的话："你不要影响工作。"我这几十年配音生涯，总是把工作看得高于一切，不惜把其他都忽略（包括我的家庭生活），"忠孝"不能两全。相信张文宏大夫最近说的那句话："今年恐是疫情中的最后一个寒冬。"妈妈一定要加油，那阳光灿烂百花齐放的春天就在我们眼前了。

有人说，自己的孩子是父母最优秀的作品，我完全理解也赞同。我的一儿一女，习惯于低调，崇尚一切依靠自己的努力和奋斗。两个孩子出国留学，为打工吃足了苦头（这倒是我们的目的），取得学位之后先后都回来了。理由嘛，也没有什么可大惊小怪的，喜欢上海呗。他们来电征求我们的意见，我一句"我不反对"。说心里话，我很有兴趣和他们讨论讨论报效祖国的话题，不过，话到嘴边又吞了回去。如今，春节一家老老小小团聚在一起，而不需通过电话、视频隔空联络，其乐融融。

接下来，先表一表两个"小和尚"的事，即是我的小外孙和小孙子。小外孙已是四年级小学生，孙子还未跨出幼儿园。小外孙的个性，我很欣赏：永远淡定，凡事硬碰硬，同时又极老实善良、柔情似水。他会在他弟弟午休时，小心翼翼地帮他盖一盖小被子。但两个小鬼常会"口出狂言"，令我们哭笑不得。大的有回看完电视对他母亲说："还好，外公没有出轨，外婆也没有。他们还蛮要好的，总是同出同进。"那小的更是老三老四道："我现在感到很迷茫。"这小鬼才、小萝卜头一根居然也迷茫。小鬼又力大无穷，轻轻一划拉，小伙伴便应声倒下，害得他父亲时不时去幼儿园低头哈腰深表歉意，大概这种时候，轮到无辜的父亲深感"迷茫"了！

好了，下面主要篇幅要让给我这位太太——一个了不起的老三届、老高中的上海女人。

我这位太太平时不声不响的，且弱不禁风，像林黛玉，还未上年纪的时候，动不动还会晕倒。但这样一个女子，却常有惊人之举。有一次她回家之后，轻描淡写地给我说了一个事。她从妹妹处小聚后穿过陕西路，没承想，绿灯刚转到黄灯，边上一辆轿车就猛兽一般冲了上来，前面推着一辆助动车的汉子猝不及防间，头已被撞上，顿时满脸是血，人也被掀翻在地。我太太想也没多想，赶紧上前把他扶起，且屏住气把此人拖到近旁一棵大树边让他靠着。幸好一边就是家大医院，抢救及时。她已年过七十，但就是有这么一副侠义心肠。和她比较，某些地方我还挺欠缺的。

　　每当夕阳西下，晚饭安排停当，落地窗边，我和太太相对而坐，享受两个人的下午茶，是不是很温暖，很美好，也相当浪漫？远离浮躁、功利，我们心平气和地聊天，这一幕往往是从手机上大惊小怪的信息开始的。太太惊叫一声，倒十分提神。这种信息我自有定规来对付它，太太话音未落，我已将之打了七折，至多再过十分钟，再打个七折，再过十分钟基本就都忘了。我们自然也会聊饮食、健身，聊婆婆妈妈的小事，但有一个话题必不可少，那就是国家大事。这种忧国忧民的情怀，我以为，会让生活和精神分外充实。最近议得最多的是市朗诵协会的事，新的一年，朗诵艺术这一块儿会有新的动向。希望杯友们也像关心翻译片配音那样热切关注一下，也许你的下一代再下一代也会有兴趣追求一下朗诵艺术呢！

瞧瞧我这个"小秘"

这个"小秘"当然是指我太太，从小姑娘到老太婆的这个太太。总觉得我这位颇有些与众不同，写来恐怕朋友们会会心一笑。至于她是否笑得出来，只有听天由命了。

想从前，我若应邀去外地参加活动或演出，都是光杆司令一个，独来独往，并不觉着有何不妥。尤因我习惯于健步如飞，再加上听我戴着墨镜后的声音，都以为我最多也就三四十岁，我倒很享受这种错觉。但七十一过，儿女们便再三关照，我已列入"保护动物"行列，从此一定要让他们的妈妈全程陪同。我还想犟，却遭到我太太的一声棒喝："你敢！"敢吗？我当然不敢。再说，一想到我太太可获得一份暂时摆脱厨房油烟的轻松，我心里也就喜欢起来。何况前几年在山东主持一台节目，演出前在小宾馆的浴室悬空摔倒在地的那份惨烈——右边整整一排肋骨根根骨裂，真是至今心有余悸，那回疼得我叫不出来，也幸亏没使劲叫唤，万一哪位女服务员闻声奋勇冲将进来，那岂不尴尬。于是，我就有了小秘，亦是我的服装助理，我的化妆参谋，再兼我的财务总监。

我以为这下我可洒脱了，我动嘴，她动手，妙哉。谁能料到我这个小秘却是个不靠谱的朋友，真能折腾，常让我提心吊胆，火冒三丈，又哭笑不得。

先说说启程。

准时或提前到主办方报到，我一向极重视。因为万一因我不慎或疏忽，出现什么意外情况，不但有损于工作，而且也有损我的信誉，这两者我都很看重。所以，若赶火车，我宁可提早个把小时去候车，坐在那儿发呆，心里却踏实。而我这个优雅的"小秘"，正好和我相反，她是个慢性子，走路也慢条斯理。每回她都不留余地，时间核算得那个精，真真急煞人！有一回真出了险情。以为目的地离上海不远，于是预留时间不多。没料到堵车、自助取票又排长队，着急忙慌居然还找不到检票口，结果等我们跌跌撞撞跳上列车，一分钟不到，车轮就启动了，让我吓出一身冷汗，长出一口气。回头看看我这位太太，居然面不改色心不跳，依然淡定，还笃悠悠飘来一句："我说来得及嘛，着什么急。"我本已有气，此时更是火冒三丈，恨不能立马让她下岗——当然说说而已，但一顿不客气的训斥是不可避免的了："你给我听着，像你这副腔调，放在我们上译厂不把你开除才怪！行了，快去，快去给我找位子！"

得，到了候场的地方，按说这之后应当太平了吧，你若这样想，未免太天真。真是天晓得，不止一次，她会在这种时候玩起"人间蒸发"。仗着她对我一百个放心（我会提早两个节目去候场），她就乐得到处看看风景、浏览浏览场地设施，顺便考察考察当地的饮食、穿着什么的，害得我不得不发动群众到处去寻找。还好，到了台上，这一切都忘了。

关于我这位小秘的业绩（其实是"拆烂污"的事），我还可举出许多，事实上，我真要叫她老婆大人了，往往在我最需要她出力的时候，忽然就没了影儿。当然，一会儿，她总会没事儿一般，像仙女一样飘然而至，原来是去卫生间了。见鬼，不是刚刚上过厕所嘛！

当然，这个好让人闹心的小秘也并非一无是处。比方，她确实可在服装方面给我很好的意见。我猜不透她在这方面上级别的审美源于何处。想她幼年时，只是个扎着两小辫，围着在湖州一个小镇上居住的外婆转的上海小丫头啊。不过，有时对我上下身的搭配，头上如何操作，脚上着什么鞋，等等，又过于挑剔，无视我个人的爱好，使我这个马马虎虎的男人十二分不耐烦。她往往兴致勃勃，没完没了。我却终于憋不住了，大喝一声："行了！我就这样了，结束！""淫威"之下，她可以闭嘴，但心里是不服的。这边我总算告一段落，大大松了一口气，那边她又开始在那儿折腾起自己来。这个一向低调的主，现在在穿着、发型上也开始绝非奢华地讲究起来，或许是怕坍了我的台？啰啰唆唆、搞七搞八的，我也弄糊涂了，天哪，到底是你上台去演出还是我？可叹我在穿着方面对她毫无要求，可她好像一点都不领情。这样的小秘你说能吃得消吗？

既然如此，就有好朋友不免悄悄给我支招：何不炒了她，哪怕再找个"老秘"总可以吧。说实话，我没想过，我不忍心伤害她。话又说回来，生活里不时地点缀一点小摩擦、小磨难，很正常，无伤大雅。我曾说过，夫妻夫妻，就像哪本小说里描写过的那样，无非上下楼之际，今天你挡了我的道，明天我让你过不去，不是吗？此中况味，相信忠心耿耿的男士们和同样一心一意的女士们，大概都感同身受吧。

骨子里的上海人

　　我生在上海长在上海。近八十年了，一直生活在上海（大概也会在此地终老），可称是个地地道道的上海人。尽管我自忖还不典型，上海人的缺点我都有，而上海人的长处我很欠缺，比方那份聪明、精明，当然我是以自己是个上海人而自豪的。

　　这年头都强调与众不同，强调个性，而上海恰恰是一个极有特色、太有特色之地，无法替代。对于身为上海人这个角色，我本习以为常。这回疫情之中，东想西想的，忽然就有了一份冲动，想要思考一下，上海人到底魅力何在，为何能如此与众不同，想进行一番深入的探讨。可惜我本人才疏学浅，不擅写文章，而要把上海人写得准确生动、入木三分，实在不是一件容易的事。我没有本事写，也只能期待有哪一位上海人重重地落笔，写下的文字能让我们心服口服，说一句："就是它了！"

　　我说一下点滴感受，恕我有点胡说八道，但却是实实在在的感受，放在大家面前的一些想法，只是作为抛出来引玉的一块小小的砖头而已。

首先恕我坦言，现在的所谓上海人，外地来沪找工作的朋友，实在离真正的上海人、骨子里的上海人，还有很大差距的（这跟他有无才能、是否勤奋无关）。上海男人骨子里的那些东西，他们是很难学到手的；而上海女人那一份独特的优雅和精致，有时还令北方、南方的女孩子很难成为地道的上海女人。也因此，你看《少林寺》中觉远和尚李连杰，还有来自湖南的名作曲家谭盾，最终都热衷于找一个上海女人为妻，恐怕并非偶然。

那么，若问我心目中最有代表性的上海人是谁，我又可坦言，起码有这样几位：陈叙一先生（上译厂掌门人、翻译、导演），木心（神奇的大作家、大能人），还有陈逸飞（作品可流芳百世的大画家）以及陈钢先生（作曲家，和何占豪合作作曲的《梁祝》蜚声世界，至今无人可以超越）。

想从前，三十年配音生涯，"上海人"三个字是完全在排斥范围之内的。那时候，不成文规定，在厂里上班，不准许说上海话。这倒也对，动不动就亮出上海话，必然干扰普通话的纯正，而所有上海籍的演员（主要都是中青年演员）对此也都习惯了。这几年，一部《繁花》把我们都触动了，连香港大导演王家卫也被吸引，不惜花费六年时间打磨一个像样的剧本。王导掌控的最终成品，永远是个谜，不到公映你绝难想象。顺便提一下，这回居然连我这个一向躲在幕后搞配音的，也被邀去试镜，便可见一斑。

因为不太说上海话，我在家里也不多话，多半是在背台词，用的也是普通话，如此一来，讲上海话便怪怪的不太流利，于是一张口，人便笑我像唱沪剧，我亦很无奈。我现在很想用上海话来塑造角色（当然不能忘乎所以，冲击了我的普通话）。其实退休之前曾有过一个配音机会，一部描述耶稣故事的外国影片，拉到我们厂里，要求全部用上海话来配音。于是，几个前辈演员尚华、于鼎他们便好不纳闷，居然会有这么一天，译制厂完全用不着他们。这个特殊经历想想也蛮搞笑的，片子里的老外演员居然都说起了纯正的上海闲话。可惜，此片是特别为东南亚一带制作，上海未曾播放。

有人曾突发奇想，让"佐罗"这个形象，用上海话来配，效果会否很特别，哪怕作为一个娱乐节目上舞台朗诵？我付之一笑，无非挺滑稽的吧。但我主观上自然是不大赞成这样的举措，我尊重"佐罗"，路见不平拔刀相助，可敬可佩，不可随意用作娱乐。总之，变味了，不妥，不妥也！

父亲在我怀里死去。在以往的采访中我很少提及。那一天，就是那一天，我记得很清楚，我的工作安排是，厂里要我们几个人去故事片厂帮忙配点音，而要配的正是国产片《青春万岁》。我太大意了，以为会像往常那样"早出晚归"，于是放下我的父亲，赶紧骑车去录音了。那真是命，一直主治我父亲病的大夫出差离开了上海，而那帮实习生束手无策，未采用对我父亲最有针对性的那种药。结果，抢救失败，父亲未留下任何一句遗言，就……这是一个小例子，多少可看出上海人的工作态度，那时候，也没什么了不起的，上海男人都能做到。一句话，把工作做好就是了!

　　我是否够啰唆的？再提一个事吧，和上海有关的事。其实这件事还只是一个构想，只是一个故事大纲、梗概，先在这里和读者朋友们分享一下吧。

　　一个犹太小女生通过她的旁白，讲述了她犹太奶奶的恋爱故事——《我奶奶的上海之恋》。她的奶奶和她父亲，犹太母子两人，到处碰壁之后，终于逃难到不需签证的上海虹口区，邂逅一位酱油店小开，展开了一段难忘的恋爱历程。这小开是医学院一年级学生，而她的奶奶年轻那会儿已是奥地利极具天赋的小提琴演奏家。一年多时间，他们两个同甘共苦，相互帮助，一起上街卖艺，一起抵抗小日本鬼子的侵扰。全剧充斥英语、上海闲话，还有上海普通话。奶奶的恋爱终因男孩是三房合一子而致失败。然多少年后，奶奶——美国一乐团的首席小提琴手，又在学中文的孙女牵线下，趁赴上海演出之机，与老小开重逢……这个剧本，哪怕是做成音乐剧，我想象中亦是很动人很有趣的，尤其是充满上海味道。犹太民族是少数民族，我是回族人，难怪我脑中一直萦绕着这个生活中完全可能发生的故事。

　　我已不年轻，想主动地做一些事，这只是其中的一件事……

私房钱也好玩

　　这年头，说起私房钱已比较坦然，在家里随便塞进信封就搁那儿了。不像过去，偷偷摸摸，躲躲闪闪，也就可怜的一点小钞票，还要动足脑筋，东藏西藏，藏到最后连自己也找不到了。又不可努力发动老婆一起找，好不尴尬！

　　毫无疑问，我也有私房钱，所谓公开的秘密矣，且历史悠久，所以体会亦颇深。说个笑话，上海男人若没有一点私房钱，还配叫正宗上海男人吗？话又说回来，大多数上海好男人不会"别有用心"，而是有个底线的，或者说有个原则：克制，相当地克制。不过，这几年也逼得只能克制了，因为有个什么小收入，往往不再发现金，全打到卡上去了！现在我私房钱的最大来源，也就是投一点小文章后所得的稿费。但汇款单飞来之后，是不是能到我手里还得碰运气。邮递员把它往底楼窗边一扔就跑路，而我太太恰是"厨房总理"，相当多时候都是由她"缴获"，于是充公没商量了。她当然也跟我打一声招呼——总要我出面去取

230

啊——言下之意却是：别忘了上哪儿去搓一顿哦。天，她在这档子事上记性一点也没衰退，我若心不在焉，她还会热心提醒我。这个老太！

其实，我这样的男士，你还要怎么样？不抽烟、不喝酒，剃个头也不甚积极，出门不坐出租而是地铁、公交或干脆步行。如此这般，这私房钱放在一边，最终的用途无非还是花在家用上。特别要是碰到什么一时之急，我就会亢奋地登高一呼："嘿，我这儿还有一点，应该够了！"我老婆得一份意外的惊喜，而我这个男子汉亦立了一功而洋洋得意。

有个桥段，在我家里有点小名气，说出来博大家一笑。

那天清理旧物，忽就翻到一本纸质存折。本以为可发一笔小财，却不料数字为零，让我大为沮丧。刚想把它撕了扔掉，却被一旁的太太阻住："别，还可以派派用场。以后凡有什么私房钱就交给我，我替你存到银行去，方便的。""什么！"我大叫，"这还叫私房钱啊！"我太太这才反应过来，于是一边讪笑，一边走了开去。

从私房钱，又联想到上海男人的"妻管严"。说实话，我从来都把它看作是上海人有腔调的一大表现。这三个字听起来似乎不大受用，但真正的上海男人都是引以为傲的。老婆是自己要娶的，终身的伴侣，不是开玩笑的，心甘情愿听从指挥，她说东，我不会朝西，本是天经地义。你要做上海男人吗？朋友，开句玩笑话，上海人的聪明、诚信先放一放，你就从这一点开始做起吧！妻子是从小姑娘一直陪你到老太婆，她对家的贡献，对事业的贡献，功不可没，因此年轻时要珍惜，到老了依然要珍惜。还是那句话：谁叫你要娶她呢！

对我太太，我有如下几点总结：一、她睡得好，头一落枕，不到一刻钟便会轻轻打呼；二、她水喝得多，动不动就要"洗胃"；三、她食欲旺盛，因此在家里，不受欢迎的菜最后都是由她包了；四、她"白相"心思重，来个邀她外出吃饭或郊游的电话，她瞬间就亢奋。最后结论是：我恭喜她一定会长寿。她听了微笑默认着。我心里又说："我倒下去有人服侍了，倒也不错。"这个念头有点自私，不说也罢。

那么，朋友，我还有点好奇，现如今你还藏私房钱吗？说出来，交流交流。

我家餐桌有些啥

对我有点了解的朋友大概都知道，我是少数民族。不过，我家餐桌上的菜肴绝非你想象中的洪长兴涮羊肉那一套，还是很可以尝一尝的。看看我以下的文字，你或可多少满足一点好奇心。

身怀烹饪绝技的近亲中，我的婶婶和妈妈不可不提。印象中她们无师自通，从未经什么专门培训机构的熏陶。后来我太太也加入厨房行列，略施小技，也常常让我惊喜交集。

首先当然是冷盆，是可让人眼睛为之一亮的。第一道称作香港牛肉。为何如此称呼，我妈妈也说不清楚。这道菜制作并不复杂，无非买一点上好的牛肉（我妈她们都是去定点的清真牛肉摊买，材料可靠、新鲜、干净至关重要），切成扁扁小块，茴香八角等香料摆齐后，熬熟收干汤就结束，此时还要撒白糖，切不可忘。我当然是说得容易，恐怕火候、味道的渗透都是有窍门的。香港牛肉极下饭，更妙的是如着意再烘干，经反复翻炒、研磨，便成牛肉松，这等美味外面亦是难以物色。第二道冷盆，净素，称作"十香菜"。荠菜、金针菜、黑木耳、黄豆等十样材料炒熟即可，只是别忽略了一种调料——生姜，十香菜若无生姜味充斥其中，便全盘皆输。大鱼大肉包围下，这道菜异军突起，亦是极受欢迎。

再说面食类食品。我们家里经常吃的，唤作荠菜牛肉水饺。通常有这样一道工序：煮熟之后把水滤干，然后油炸了吃。其中有一样调料很关键，便是加入咸板鸭油，它能使水饺具有一种特殊香味，无他物可取代（过去鸭油都是婶婶在南京老家的亲友提供，现在可惜没了踪迹）。我妈妈包韭菜牛肉烧饼最拿手。最要紧的是把馅裹进湿面团里，然后起油锅两面摊煎，此为首炸。食用的时候再炸透炸脆，才能入口。后来不知从何时开始，我太太神不知鬼不觉地贡献出一道洋葱牛肉锅贴，连锅贴皮都自己动手擀，像模像样，味道是足可与外面专业店家打个擂台的。

我们大年夜也吃年夜饭。居压轴位置的便是鸡汤，也是婶婶最擅长的杰作。这里也有窍门。鸡绝对要正宗，要用精神头十足、神气活现的活鸡。汤里辅之以卷心菜、鱼圆、蛋饺之类，其中有一样原料又是必不可少的，即鱼肚。此物平时少有接触，此刻便格外抢手，实际上也都是借了鸡汤的光。最后还要上一样甜点——桂花酒酿小圆子，上海人家都必不可少，称不上什么特色，但若没有又觉得少了什么。

上头的菜单提到了牛肉锅贴，我不免要围绕我身边这位白娘子多说几句了（不知这样一个称谓我太太见了是否认可）。可爱的白娘子无疑是神通广大的，我身边"这条"呢，亦跟她可有一比。那一位白娘子有呼风唤雨之能，而我太太则可不动声色单枪匹马，像变魔术一般，两个小时之内就备好六个冷盆、六个热炒的一桌酒席。须知，她完全是无师自通啊，从前她母亲围着灶台转的时候，她只是负责品尝的。十年之前，我俩虽都已退休，却自觉还"年轻"，就想再折腾点什么。我这位思维活跃的白娘子，一日突发奇想：何不盘下个小店面，开个清真小店专营洋葱牛肉锅贴？配套一大碗咖喱牛肉线粉汤干脆奉送。不算伟大抱负，就图一份乐趣和充实。老三届的朋友一律半折优惠。我那位奔九十的老妈也摩拳擦掌，跟着起哄。"得了，想入非非！"我冷冷插上一句，"难道还要我这个'佐罗'帮着在大门口吆喝吗！"这冷水一泼，她们冷静了下来，再仔细盘算，亦觉得心血来潮想得太简单。如幻梦一般的一个小店，却要"五脏俱全"，还要对付不测风云，哪里有这么好经营的！于是，这个创意就不了了之了。不过，"胎死腹中"的锅贴小店啊，说实在的，有时想想，还蛮亲切温馨的。

泰国行

想不到最近爆发式的旅游狂潮，把我们也席卷进去，目的地是有一小时时差的泰国。

我戏称太太为"小秘"。有她在一旁陪伴，身兼生活顾问、化妆服装参谋等，自然是诸事顺当。唯一件事让我闹心，便是她已年过七十五岁，记性越来越不尽如人意，不是钥匙不翼而飞，便是眼镜跟她躲猫猫，一口气配三副，居然不出两天全无踪迹。而最折腾人的是手机，拿座机寻觅它一声不吭，那后果是惊心动魄的。她要找东西，总要先问我，实在让我烦透了。有一回干脆给她出一招："你最好去住养老院，忘性再大也无妨。"她一听，火冒三丈，且想象力极大丰富起来。我赶紧补充："别急，有夫妻房，夫妻房，我总要当你保镖啊！"于是，伊勿响了。

是啊，她与我相依为命，足五十年了。忽然意识到，这回到泰国，便差不多是再度一次蜜月。上一次，我们小夫妻是坐绿皮车硬板凳，熬夜奔赴广州去旅行的，还算浪漫。那是1972年，还怀着渺茫的配音梦。

　　孩子们的好意安排促成了这一周的泰国行。关键人物是孩子的大学同学，他这几年被派驻到泰国负责公司业务，算得上是"老土地"了，无疑是贴心的最佳导游。七人位的自备车，我和我太太，加上他的太太和他父母，一支老年团应运而生。朋友之父是摄影界票友，尤擅拍风景照，加配乐。有一次抓拍了一张，题词"童老师夫妇的黄昏恋"，是值得将来放大十英寸的。他搞外贸的永远不见老的妻，则是"外交家"，全程都由她用英语与当地人打交道。而我们这对夫妇当然乐得坐享其成了，顶多常常出点或有用或没用的馊主意。就这样，我们一行人轰轰烈烈登上了泰航。

　　曼谷果然名不虚传。且不说大皇宫内的建筑辉煌而又密集，令我在摄影师面前大呼："哇，我的 POSE 用光了！"也不说市内最大的购物餐饮商场（听说它的内部设计在国际上得了大奖）令人目不暇接，惊叹不已，而且还极人性化，让马路改道，使商场前的广场扩展至湄南河，当地人和游客可在此天天享受喷泉、野营、音乐会；单说那不到两小时车程的小城芭提雅，就足以把我征服。我特崇尚大自然，那绝妙的海湾、白沙滩、湛蓝的海水，仿佛人间仙境。站在海水中，沐浴着夕阳和海风，整一个如入梦中矣。这时候就遗憾没时间再去清迈。那里是邓丽君去世的地方，下一回吧，我要去看看这个谜一样的地方。

　　泰国的风土人情令我赏心悦目。留下深刻印象的是，我发现泰国人民十分重视色彩，不论大商场或小巷，乃至小小的一次性包装纸，都有五颜六色的色块扑面而来，身处其中心情格外愉悦。是否这也是泰国人民深入骨髓的民族性呢？

可惜，泰国的菜肴酸酸甜甜咸咸，难以下咽，我到那里第三天便开始想念上海的大饼油条。语言不通也令人头疼。有时不得已只能憋出几个英语单词，加上夸张的形体动作，来完成彼此的交流。真是想吃鸡，说没用，写没用，非要学鸡叫才懂，让人哭笑不得。

不过，这回有个道理我倒是弄明白了。不必挖苦某些"旅游达人"热衷于"打卡"、摆拍，那不单是为了回去之后可与友人尽情分享，更可帮助自己追忆，到了卧倒在床，只有眼睛尚可睁开的那一天，还能借助于这些图像，唤起一份生命的热望和活力。

这回泰国再度蜜月的最大遗憾是未能让朋友的"重托"成真。获知我要去泰国，一位浦东文化人朋友再三嘱咐，要我帮他带一顶帽子，样子都提供给我。我自然一口答应。本以为区区一顶帽子，举手之劳而已，抵泰次日就帮他落实，可是没承想，这种样子的帽子，却是踏破铁鞋也无处可觅。这一周的每一天，头等大事就是大街小巷乱转，希望有个意外的惊喜，甚至还动员老年团的每一位都帮我来完成这个任务，无奈居然毫无所获。心中实在过意不去，从前答应人家的事好像都能如愿，这回竟然栽在这样一顶小小的帽子上了！

早在赴泰飞行中，我已在考虑要带些小玩意让朋友们分享快乐，此事也颇费了我不少心思。还好，恰逢泰国过起了相当于我们春节的泼水节，我见宾馆的保安、服务员脖子上都戴起了花环，是一种轻塑料和纸花编成的吉祥花环，醒目而别致，眼睛一亮，心想给孩子们的小礼品就是它了。想象着孩子们欢天喜地的笑容，我总算可踏实地睡一觉了。

飞入寻常百姓家

飞入寻常百姓家，说得真好。这是与我们建立了心心相印关系的晚报办报的宗旨。我是一个幕后配音演员，其实也就是一个普普通通的老百姓。每看到头版上这七个字，心头就备感亲切，温馨。而现在，我尤注意到人民对美好生活的向往、向人民靠拢、为人民服务、人民至上等字眼，越来越多地出现在我们的晚报上，我心里更由衷欢呼：这是对我们老百姓，特别是对青少年极正确、极英明的引导，把这个理念根植在每个人的心中，其现实和深远的意义无疑是不可估量的。

晚报现已复刊四十周年，值得庆贺。之前一直到现在，我已经养成了习惯，一天不看晚报会感觉难受，好像生活里留下了一个空白。凡有外出参加社会活动，返沪第一件事便是到楼下房间窗口，查找那几天积下的报纸。万一少了一份，我还会当即去附近报刊门市部查询，务求补齐那缺失的一份。因我担心，可能这一份报上正好有非常值得一读的文章。一些精彩的文章，我都会小心翼翼剪下来，保存好，以备回味，有的直接就在我策办的朗诵会上派用场了——因此，我家的晚报几乎没有一份不开"天窗口"的。

饭前或饭后，手捧一份晚报，怀着喜滋滋的心情，观赏那精彩的文体信息，以及妙不可言的散文作品，感觉就像一个知心好朋友在身边，深情款款地给我娓娓道来一个又一个人家的故事：有的入木三分，有独到的分析见解；有的充满智慧，给人以启迪；有的风趣、幽默，令人忍俊不禁；有的则带我吃、喝，周游外面的世界……

当然，那些"情到深处会流泪"的打动人心的故事是我最喜欢看到的，也是我印象最深刻的，我会陪着落泪。比方那篇散文，已故老作家蒋星煜老先生的儿子写的缅怀其父亲的文章。了不起的蒋老先生，青年时就起誓："任何情况下，决不跑到国外做外国人。"儿女出国去留学可以，但必须学成便回国，报效祖国，第三代亦要求如此。他总这样回答："党对我不薄。"还督促其子女努力加入中国共产党。又如"夜光杯"中一篇手记，刻画一位慈母般的老师心中的百般无奈和苦恼。面对一些因家庭破裂而心碎的少年儿童，她做尽了能做的一切，终发现让孩子有根本的变化真比登天还难！她走不进孩子们的心里。孩子最渴望的亲情、完整的家，她没有办法给！于是，这个姓叶的好妈妈心也碎了……这篇手记我看一次流一次泪。

是啊，我要向晚报深深致敬、鞠躬了。因为你们通过晚报这个阵地，在教人做一个好人，包括我。

我个性内向，一向不擅长与人交际，至今因有眼疾，也不上什么网。幸好，因我这份特殊工作，结交了许许多多的影迷朋友，尽管绝大多数未曾谋面。要感谢晚报这个热心朋友，提供给我许多机会，通过发表小文章，得以与朋友们交流事业、生活的动向和心得。而每当我的小文见诸报章，那真叫一个心花怒放。还要谢谢编辑朋友的精妙剪裁，编辑的手笔到底要比我高明得多。我更感到自己是个幸运的人，活着可真有意思，从此不再感到孤独，因写作本身也成了一份特殊的陪伴啊！

晚报对我们老百姓这么好，似乎我们也应以各种方式鼎力相助。我这里就有一个惠民的好点子，供晚报参考，见笑了。我希望晚报设一"你的生活顾问"专栏，每天都刊出，为寻常老百姓排忧解惑或正确指导。比方：这几天我太太手机上疯传喝豆浆有害健康，严重到要导致什么恶病；又在传什么喝牛奶也有害……都是广告商为赢利而编造的谎言，弄得我们不知如何是好。晚报若设此专栏，一定会大受读者关注和欢迎。

晚报做得绝对公正、透明、一诺千金，也实属不易，辛苦你们了。祝晚报朋友们节日快乐！

配音小王子

　　我的小外孙潼潼快五岁了，从幼儿园小班起就放到我这里带到现在，我和这个龙宝宝的感情非比寻常，隔代亲！论长相，几乎认识的人都说像极了我小时候，有神的大眼上面是两条长长的剑眉，小鼻子挺挺的，小嘴巴很性感，最关键他是长腿男神，继承我女儿的大高个儿，带着他出去常常令同龄小朋友的家长们自愧不如，我这心里就有那么点小得意，相比自己的艺术成就，潼潼的出挑会让我更有满足感，这也是天伦之乐的一部分吧。

　　随意说说他的可爱吧。每每跟他妈妈告别就是一场轰轰烈烈、"惨不忍睹"的戏。"妈咪，再见，记得有空就来接我，我会乖乖在幼儿园，等着向你汇报。你工作也要加油，走路要穿横道线哦，千万不要让车子撞到……我最爱你，I love you more than anyone，再见，再见……再——见！！！"这一刻温馨的画面我给它取名为"悲壮告别"，而且我是百听不厌的，因为每一次他都会有点"台词"上的变化，或者是语气上的差异化处理，我就在一旁如痴如醉地享受着这番童言无忌，犹如欣赏一个小小配音演员在发挥着他最真挚的艺术天赋。有时候，我也允许自己浮想联翩，大胆地想象着自己或许能够培养他成为一个"小佐罗"呢？我有意识地观察他，天生基因没话说，一把好嗓音三岁就能唱多首动力火车的歌曲，起源是他妈妈车里老是循环播着他们的CD，突然有一天发现车后宝宝椅里传来清澈的和声，音准到没话说，还自带感情，仿佛完全理解歌词似的。我一激动，赶紧带着孩子拜访我的老朋友、歌唱家黄葆慧老师，黄奶奶即兴用钢琴试了孩子一把，惊呼其天分了得，希望我们重点培养。

回家路上我这万千矛盾就来了。本身对后代进文艺圈着实抗拒，即便自己最终成了名，拥有了大量粉丝，但对于小辈走这条路还是心存犹疑。二十年前，当我女儿自说自话去考北京电影学院表演系那会儿我就坚决抵制。为了掐掉她的念想，特地带她走访多位我当年的上戏老师们，其中就有李志舆和洪融夫妻俩。我的意图很简单，让他们从过来人的角度分析娱乐圈的不稳定性及做演员这行的复杂环境。老实说，当年确实没有更多考虑女儿的诉求，也没有做到利用自己的资源去帮她一把，单纯就是希望她远离演员这个职业，似乎从没有认真尊重过她的梦想，也许是作为父亲特别无奈的一种选择。虽然我的女儿最终那么有出息地通过了北电三试，我依然决定把她送出国，因为她从小就是英语课代表，又是市重点中学苦苦读出来的，我们这代老思想总以为去做演员有点可惜了。如今，除了半开玩笑的惋惜，也只能把话题扯到我小外孙上了。我女儿说："爸爸，你可别二十年后又再阻止我儿子啊，他对配音有兴趣，音色好，你得不遗余力啊！"好家伙，给我下了硬指标，当然我也愿意培养这孩子，他有天赋，这骗不了人，论形象以后就是下一个胡歌也说不定，当然如果他能从事配音工作，我一定是甚为安慰的。

果然，几年后我们有了第一次艺术上的合作。澎湃新闻邀约我和外孙共同录制《小王子》的中文版有声书，我和导演全程观察小家伙，一致认为他在语言方面的确有点小感觉，录起小王子这个角色来是一秒入戏，不用我们在旁过多指导。我一阵欣慰，一老一小在很短的几天里就完成了所有录制工作，也让我对潼潼的将来有了模糊且确定的憧憬。

八十而已

5月那回住院做广泛检查。早上照例主治大夫等一行人来查房。不知为什么,他们议论起我,并非关注我的病情,而是些不搭界的话题。就听领头的那个快人快语的女大夫直言:像童老师这种人还会不是富豪!尾随在最后的那个年轻大夫还特意转过身来,冲着我像敲钉子一般问:"你是为钱吗?"他是指我如此热衷参与社会活动。我哭笑不得,但也不想声辩,只是在心里说:你们这样想都大错特错了。这一幕过去,我心平气和地躺在病床上,眼望着天花板,把这几年的日子又过了一遍。当然不由自主地首先会想起上译厂,想起那些人、那些事。

若说我们上译厂的人个个都是拼命三郎,倒一点也不错。我还要补充一条:不仅退休前拼命,退休之后依然拼命。小车不倒尽管推,推到起不来为止。原因何在?首先就是因为我们身边有活生生的榜样、导师,这就是我们的掌门人、艺术总把关、恩师陈叙一先生。他的境界和勇气深深地熏陶着我们,吸引着我们，德艺双馨成了大家共同追求的目标。我在退休之后，我太太大大松了口气，以为此后便要把主要精力顾到家里了。可惜，我让她大为失望。养成习惯了，也是没辙。工作还有些成果，我不仅自我安慰，也以此"搪塞"我的太太。我不知年轻人能否理解我们，我只是希望他们不要因困惑而去跟从那些"精致的利己主义者"。

艺术能起深刻的感化作用，感动人心，触及灵魂，促使你发生变化，向善、向好、向崇高。作为一个干艺术工作的人，实在是非常幸运与快乐的。我平时的所思所想、所作所为，都是围着艺术的殿堂在转，比方，让"佐罗"说上海闲话，就是我脑子里最近活跃的一个热点。

话说退休之前，厂里曾来过一个片子，是将来面向东南亚发行的，居然要求对白全部须用上海话配。我们这些上海籍的男女同行分外兴奋，纷纷卷起袖子准备大显一下身手。无奈我这个土生土长的上海人只给了几个龙套、群众角色，这件事一直令我遗憾。退休之后也再没有碰到这样的机会。后来倒是别的一个机会被我主动逮着了。那一年，要隆重纪念沪剧界的杰出艺术家袁滨忠，而他是我这个老戏迷的最大偶像。我写过好几篇文章表达我的敬意，这些文字，也获得我太太全力支持。感谢电台里志同道合的朋友邀我做节目，于是就有了和一位女主持一起完成的"袁滨忠的故事"。我从头至尾都用上海闲话来说，可说是一次全新的尝试。说起来有意思，三十年配音生涯，我在厂里没有说过一句上海话。有个熟悉的朋友偶然听到了，表示很受感动。这让我大受鼓舞，从那以后就存下了用上海闲话为大家讲故事的念头。而且有点信心：听"佐罗"说上海闲话，除了满足好奇心，也会有更多东西可以提供给听众朋友们分享的吧！

确实，我还在做着许多梦，但这些东一个西一个冒出来的创意，不会只是遥不可及的梦，我相信，靠努力是可以变成现实的，不是吗？小的，比方，通过沪语演播《雷雨》片断中的周冲一角而向袁滨忠老师致敬，当然，只是对白部分，所有的唱，一律借用袁老师 1959 年的大汇演录音；大的，比方，抓紧成立起上海朗诵艺术团，这也是孙道临老师的遗愿……

我真是很幸运，因我的理念、我的心态，包括我的"盲目乐观"，导致我这些年活着，大体上总算还不错。感谢我一百岁的老母亲不可忘却的关照，她老人家至今仍在顽强地和死神搏斗。明年初，我将正式踏入八十岁的门槛。好玩，八十了，八十而已。